Ein Haufen Fantasy
Jugendliche schreiben ihr eigenes Buch

Texte:
Autorengruppe des Buchprojektes Neumünster 2005
Cover & Layout:
Marius Kern und Layoutteam des Buchprojektes 2005
Herstellung und Verlag:
Books on Demand GmbH, Norderstedt
ISBN 3-8334-4173-9

Inhalt:

Vorwort

Geschichten:
Seitenzahl:

Vorwort

17 Jugendliche im Alter von 10 bis 17 Jahren aus Neumünster und Umgebung nahmen an dem Ferienprojekt „Schreib dein erstes eigenes Buch" teil. Veranstalter waren das Jugendamt Neumünster und die Buchhandlung „Trio".

In der Zeit vom 25.07.05 bis zum 05.08.05 entstand von folgenden Autoren diese wundervolle Sammlung von Fantasy-Kurzgeschichten für Kinder:

Angelique, Anna Charlotte, Anna Storke, Anne-Dorette, Ann-Kathrin, Finja, Flemming, Franziska, Hagen, Henning, Jana, Jessica, Lena, Lorenz, Marie-Christine, Marie-Charlott, Tim

Im Leitungsteam waren mit dabei:

- Vom Pais-Team:
  Marius, Hannah und Magda
- Vom Jugendzentrum @home:
  Nina und Sabine

Nun aber lasse Dich verzaubern und tauche ein in die Welt der Elfen, Drachen, Feen und Trolle.

Vergiss nie, dass auch Du ein Buch schreiben kannst – wenn du nur willst!

Dein Buchprojekt-Team

Alina, die Hexe und Tinkerbell, die schlaue Kröte

„Das geht so nicht! Nein, nein, nein!" schrie Alina und schmiss ihren Zauberstab auf den Boden. „Ich kann so einfach nicht arbeiten! Und überhaupt, was soll diese ganze Prüfung?" Alina war eine Hexe mit mittellangen roten Haaren und Sommersprossen. Gerade regte sie sich furchtbar über ihre Prüfungsaufgabe in allgemeiner Magie auf. Sie sollte aus einer Raupe einen Schmetterling hexen. Aber sie hatte keine Idee, wie das gehen sollte. Ihre Mutter pflegte bei so etwas immer zu sagen: „Nicht der Zauber macht die Magie, sondern der passende Zauberweg führt zum Ziel." Also wie konnte sie diese blöde Raupe in einen Schmetterling verhexen? Für einen einfachen Verwandlungszauber hätte sie keine zwei Minuten gebraucht. Heute aber durfte sie keinen einfachen Verwandlungszauber benutzen.

Sie sollte einen anderen Weg finden. Doch ihr fiel einfach nichts ein!

Entnervt hob sie ihren Zauberstab auf, der in dem leeren Futternapf ihrer Kröte Tinkerbell gelandet war. Tinkerbell, die auf dem Tisch neben der Raupe saß, schaute Alina empört an. Sie saß jetzt schon eine Stunde da, hatte Hunger und langweilte sich zu Tode. Tinkerbell hätte Alina schon lange sagen können, was sie machen sollte, um die Raupe zu verwandeln, aber wer fragte schon eine Kröte nach ihrer Meinung!

Alina war inzwischen vor dem Tisch in die Knie gegangen und murmelte komische Worte vor sich hin, so was wie „Murzlifurz!" und „Zippedi Zappe!" Es passierte nur leider nichts, außer dass die Raupe Gefahr lief vor Lachen zu platzen. Denn selbst die Raupe war inzwischen gelangweilt und wollte nur noch an einem Salatblatt knabbern. Aber Alina hatte noch nicht ganz den Mut verloren und hatte nun ein Lexikon herbeigezaubert, in dem sie verzweifelt zu blättern begann. Doch auch das brachte sie nicht weiter. Was sollte sie also tun? Ihr fiel einfach nichts mehr ein.

Traurig starrte sie Tinkerbell an, worauf diese wieder einmal verzweifelt begann mit einer Hexe zu sprechen. Das hatte sie schon öfter versucht, doch leider hatte das noch nie geklappt. Sie versuchte ein tickendes Geräusch zu machen, vielleicht würde Alina auf den richtigen Gedanken kommen, um die Raupe in einen Schmetterling zu verwandeln. Aber erst einmal müsste Alina auf die richtige Idee kommen! Nur wie sollte Tinkerbell das anstellen? Sie konnte ja nicht sprechen.

Alina wunderte sich während dessen über die komischen Geräusche, die ihre Kröte Tinkerbell von sich gab: „Tinkerbell, hast du einen Wecker verschluckt, oder warum quakst du im Tick-Tack-Klang? Ich glaube dein neues Krötenfutter bekommt dir nicht! Wenn du dann immer solche Geräusche von dir gibst! Oder versuchst du mir irgendetwas damit zu sagen? Weißt du vielleicht den Zauber, den ich brauche?" Alina schüttelte den Kopf. „Ach ne, du bist ja nur eine Kröte, nicht Tinkerbell? Du hast doch nur Schlafen und Essen im Kopf. Wie komm ich nur darauf, dass du mir helfen könntest!"

Tinkerbell platzte fast, so sauer war sie nun auf Alina. Warum begriff Alina nicht endlich, dass sie auch was vom Zaubern verstand und nicht nur Fressen im Kopf hatte. Obwohl sie ja zugeben musste, dass ihr Magen doch langsam mal wieder was vertragen könnte. Wenn doch nur Alina endlich zaubern und ihr dann was zu fressen geben würde. Ja, dann wäre Tinkerbell wieder glücklich. Doch Alina starrte nur weiter auf Tinkerbell, die immer noch vor sich hin tickte. „Tinkerbell, du erinnerst mich an eine Zeitbombe. Die ticken auch so wie du! Hm, Zeitbombe...Zeit... Ah!" schrie Alina auf. „Zeit! Einen Zeitzauber brauch ich! Oh Tinkerbell, du kleine, verfressene Kröte, du hast mich gerettet!" jubelte Alina und sprang auf, um sich zu konzentrieren. Und dann begann sie zu hexen: „Zeitus verwandelus Raupus in Schmetterfalter, hex hex!" Endlich hatte Alina den richtigen Zauber gefunden und konnte so die allgemeine Magieprüfung mit Ach und Krach bestehen. Und alles verdankte sie ihrer kleinen, verfressenen Kröte Tinkerbell, die nun endlich als Belohnung einen riesigen Fliegenpudding zu fressen bekam.

Franziska Neuwald

Die Geschichte vom wunderschönen Pink und dem grausamen Grau

Wasserfälle rauschten, Regenbögen leuchteten, unendlich viele Blumen blühten farbenfroh, und unzählige Lebewesen tummelten sich im Land der Vielfalt.

Es war ein friedliches Land und die Königin Vanessa war sehr stolz darauf, dass sich seine Bewohner gut verstanden. Auch die Vielfalt, die dort herrschte, machte sie jeden Tag glücklich. Dort gab es mehr Pflanzen und Tiere als in jedem anderen Land. Also war es kein Wunder, dass Vanessa jeden Tag gerne aufstand, um sich persönlich um einen großen Teil der Vielfalt zu kümmern. Sie war sehr besorgt um ihr Land. Und diese Sorge war berechtigt, denn am Rande des Landes, in einer dunklen Höhle, schmiedeten böse Mächte graue Pläne. Es war nicht irgendeine Höhle. Ganz im Gegenteil, diese Höhle war eine der letzten, die von einem Troll bewohnt war. Der böse Zauberer Mott machte sich eines Tages auf den Weg und suchte diese Höhle auf. Es war eine versteckte Höhle und Mott hatte lange gebraucht um sie zu finden. Als er sie endlich betrat hatte er doch etwas Angst, denn selbst für einen so mächtigen Zauberer, wie Mott es war, konnte ein Troll gefährlich sein. Der Zauberer hatte Glück, da der Troll gerade schlief. Mott wollte ihn verzaubern, so dass der Troll sich nicht bewegen konnte und er sich in Ruhe mit ihm unterhalten konnte. Mott schlich die Felsenwand entlang und warf einen Stein gegen die riesige Gestalt. Da der Troll nichts spürte, warf er noch drei weitere, bis der Troll endlich erwachte. Sofort sprach Mott die Zauberworte und der Troll erstarrte. Er war jetzt nur noch in der Lage zu sprechen. Nun etwas mutiger stellte sich Mott vor den Troll und der warf ihm einen grimmigen und entsetzten Blick zu. „Was?" grummelte der Troll. „Du magst diesen Zustand nicht, oder?" begann Mott zu sprechen. „Du lebst deshalb hier in der

Höhle, weil du bei Sonnenlicht zu Stein wirst. Ich kann dir dabei helfen, dass du auch draußen normal leben kannst ohne zu versteinern. Ich habe einen Plan, mit dem ich diesem Land das Sonnenlicht nehme. Dazu brauche ich jedoch deine Hilfe." Misstrauisch betrachtete der Troll Mott und wollte wissen wie. Mott erklärte seinen Plan. Eine magische Decke wollte er über das Land legen, durch die keine Sonnenstrahlen dringen. Er wollte die Vielfalt vernichten und Grau, Langeweile und Einfalt herrschen lassen. Alle Mittel für die Decke hatte er schon, nur die Sicherheit, dass sie bestehen bleibt, brauchte er noch und dafür wollte er den Troll. Er sollte mit Mott gegen seine Feinde kämpfen. „Wieso sollte ich dir helfen?" wollte der noch nicht sehr überzeugte Troll wissen. „Das sagte ich doch schon. Erstens kannst du dich dann auch außerhalb deiner Höhle bewegen und zweitens löse ich dich aus deiner Erstarrung. Wenn du mir nicht hilfst, musst du so bleiben." Siegessicher grinste Mott den Troll an. Der wartete kurz und stimmte dann zu. „Gut, du wirst verstehen, dass ich dich erst aus der Erstarrung lösen kann, wenn der Plan vollendet ist."

Von alledem bemerkten die vielfältigen Bewohner nichts. Auch Vanessa ahnte nichts, da sie dieses Gebiet nur sehr selten besuchte. Sie befand sich zu dieser Zeit auf einem Kontrollgang, begleitet von ihrer besten Freundin Lina. Lina war eine Fee. Eine pinke Fee. Ihre langen seidigen Haare waren rosa, ihre leuchtenden Flügel pink, genau wie ihr Zauberstab und sie trug ein weinrotes Kleid. Pinke Feen haben eine besondere Fähigkeit. Sie können mit Einhörnern reden. Wie jede Fee konnte Lina auch zaubern, doch sie machte nicht viel Gebrauch von ihrer Fähigkeit, da sie nicht sehr gut war. Alles was sie zaubern wollte ging daneben. Deshalb gab sie es irgendwann auf. Nur Blumen zauberte sie noch. Das konnte sie, wie keine andere.

Zusammen machten sich Vanessa und Lina auf den Weg, die Einhörner zu besuchen, um sich nach deren Befinden zu erkundigen. „Geht es euch gut?" fragte Lina die wunderschönen Wesen. Einhörner sind nicht sehr gesprächig, deshalb antworteten sie nur mit einem kurzen „Ja!" und wandten sich dann wieder ab. Sie fraßen und spielten im Wasser. Ein wunderschöner Regenbogen prangte dort auf der Oberfläche. Die jungen Einhörner versuchten ihn zu fangen. Sie waren so fröhlich und ausgelassen, dass Lina ihnen am liebsten die ganze Zeit zugeschaut hätte. Doch plötzlich wurde es ganz still. Die kleinen Einhörner hörten auf zu spielen, die älteren hörten auf zu fressen und alle hoben den Kopf. Sie blickten zu den Bäumen. Dort raschelte es und einige Augenblicke später trat ein Einhorn mit silberner Mähne auf die Wiese. Es war das älteste und weiseste Einhorn. Es schritt ein wenig auf der Wiese entlang, hielt schließlich inne und begann zu sprechen. „Ich spüre etwas Ungewöhnliches. Ich weiß nicht was es ist, aber es ist nichts Angenehmes. Etwas Böses treibt sich rum und versucht Unheil zu erschaffen."

Vanessa und Lina wollten gerade gehen, doch nun erstarrten sie vor Schreck. Etwas Böses, was konnte das sein? Sie mussten etwas unternehmen, das Böse vertreiben, doch wie? Sie wussten ja noch nicht mal, was es war. Sie entschlossen sich, zum Hofzauberer zu gehen. Vielleicht wusste er mehr. Wie das Einhorn konnte er spüren, wenn etwas Ungewöhnliches vor sich ging. Lina flog und Vanessa rannte, so schnell wie sie konnte. „Fielan, weißt du etwas über das Böse hier?" „Oh ja!" sagte der Zauberer nachdenklich. „Ich habe es schon mitbekommen. Schaut zum Himmel, das Blau ist blasser als sonst. Was hat das nur zu bedeuten?" In diesem Moment flog ein riesiger Schwarm schwarzer Vögel über den Himmel. Das Blau wurde immer blasser. Da hatte Fielan auf einmal einen Geistesblitz: „Ich muss etwas nachschlagen!" Er verschwand zwischen den Regalen und blätterte stundenlang in den Zauberbüchern. Erst in der Nacht rief er plötzlich:

„Ich hab's!" „Einfalt!" sagte er nur zu Vanessa. Diese verstand nicht, was er ihr sagen wollte. Deshalb fuhr er fort: „Jemand will Dunkelheit über uns bringen. Er erschafft eine magische Decke, durch die die Sonne nicht dringen kann. Die Vielfalt in unserem Land soll vernichtet werden. Er möchte, dass alles grau und einfältig wird. Dieser Zauber wurde vor über einer Million Jahre schon einmal angewandt, doch ohne großen Erfolg. Der damalige Zauberer war nicht mächtig genug. Es scheint mir jedoch, dass dieses Mal ein mächtigerer Zauberer am Werk ist und wenn wir nicht mit allen Mitteln gegen ihn kämpfen, wird er siegen."

Vanessa war geschockt. Wer konnte so etwas wollen? Sie überlegte und überlegte. Sie dachte an jeden Zauberer, den sie kannte. Es fiel ihr einfach keiner ein. Auch Lina überlegte und ihr fiel ein, dass sich jemand immer beschwert hatte, wenn sie durch die Gegend geflogen war um bunte Blumen zu zaubern. Manchmal hatte er sie sogar weggezaubert. „Mott! Er wäre mächtig genug!" erklärte Fielan. „So mächtig, dass es sehr schwer sein wird ihn zu bezwingen." Wieder verschwand Fielan zwischen den Büchern. Lina und Vanessa blieb nichts anderes übrig als abzuwarten, auch wenn es ihnen sehr schwer fiel. Sie warteten und warteten. Sie liefen rum, setzten sich hin, standen wieder auf und sagten kein Wort. Keiner wusste was er machen sollte. Schließlich schliefen sie ein.

Als sie wieder aufwachten, war es Tag. Doch es wurde nicht richtig hell. Der Himmel wurde immer blasser und als sie nach draußen gingen, sahen sie in der Ferne schon eine graue Decke am Himmel. Es fiel ihnen auch auf, dass viel weniger Vögel durch die Luft flogen und die, die noch da waren, wirkten lange nicht so fröhlich wie normalerweise. „Was passiert jetzt wohl?" fragte Vanessa Lina traurig. „Ich weiß nicht!" antwortete diese keinen Deut glücklicher. „Lina schau!" Vanessa deutete auf Linas Haare. Sie waren blasser als sonst, und als die beiden sich umschauten, fiel ihnen auf, dass auch die Blumen an Farbe verloren. Je länger sie dort saßen, desto farbloser wurde es. Nach einigen Stunden waren schon viele Blumen ganz eingegangen und auch die Tiere wurden immer weniger. Ihre Stimmung senkte sich immer mehr. Die Decke am Himmel breitete sich immer weiter aus.

Es war fast schon wieder Nacht, als Fielan endlich zu den beiden kam und erzählte, was er herausgefunden hatte. „Es ist schwer, aber zu schaffen. Die Einfalt können wir nur mit Vielfalt besiegen. Doch morgen schon werden alle Pflanzen eingegangen sein, die Flüsse werden nicht mehr fließen und ohne das Sonnenlicht wird es auch keine Regenbögen mehr geben. Die Tiere müssen sich von den Resten der vertrockneten Pflanzen ernähren und alles wird grau sein. Es gibt nur eine Rettung. Lina, du musst uns helfen!"

Lina erschrak. Sie verstand nicht, wie sie ihnen helfen sollte. Ihre Zauberkunst war doch wirklich schlecht. Sie konnte nur Blumen zaubern, doch auch die gingen ohne Licht und Wasser sofort ein. Sie hatte also keine Ahnung, wie sie die Dunkelheit verhindern sollte.

„Deine Fähigkeit mit Einhörnern zu sprechen und echte Blumen zu zaubern wird uns helfen." „Wie?" Sie konnte es immer noch nicht glauben. „Die Hörner der Einhörner können Blumen zum Blühen bringen, selbst ohne Licht und Wasser. Sie müssen die Pflanzen nur berühren. Du musst die Blumen zaubern und die Einhörner müssen sie zum Blühen bringen. An der Stelle, an der einige Pflanzen wachsen, wird ein Loch in der Decke entstehen. Das ist die einzige Möglichkeit, Mott zu besiegen. Doch Mott ist nicht dumm. Er wird wissen, dass er Gegner hat und sich Hilfe besorgt haben. Du musst also vorsichtig sein und wenn es sein muss auch gegen ihn kämpfen." „Was? Nein, ich kann doch nicht zaubern!" protestierte Lina. „Ich werde dich begleiten und gegen Mott kämpfen, doch seinen Begleiter musst du besiegen. Es ist der einzige Weg."

Lina schaute in den Himmel. Nur noch ein kleiner

heller Spalt befand sich dort oben. Sie betrachtete die Pflanzenreste und dachte an die bunten Farben. Sie strich sich durchs Haar, das in der Zwischenzeit komplett grau geworden war, und weinte. Es waren Tränen der Trauer und der Wut. Und diese Wut machte ihr Mut. „Okay, ich werde es versuchen!" sagte sie schließlich mit zitternder Stimme.

Fielan und Lina machten sich wenig später gemeinsam auf den Weg zu den Einhörnern. Sie brauchten lange, bis sie ein Einhorn fanden, das bereit war zu helfen. Es war das älteste Einhorn, das Weise mit der silbernen Mähne. Gleich fing Lina an zu zaubern. Es mussten viele verschiedene Pflanzen sein. Außerdem mussten sie schnell sein, denn die Kraft des Einhorns konnte die Pflanzen nicht für immer zum Blühen bringen. Also beeilten sie sich. Lina war froh, dass sie dies so oft gemacht hatte. Sie konnte es im Schlaf. Doch es war sehr anstrengend. Erst nach einer Stunde waren es genügend Blumen um ein Loch in die Decke zu bekommen. Den ganzen

Tag und die ganze Nacht zauberte sie. Fielan schaute dabei immer, ob Mott sich schon blicken ließ.

In der Zwischenzeit wurde das Loch immer größer. Man musste es schon aus weiter Entfernung erkennen können, doch Mott kam erst nach zwei Tagen. „Na sieh mal einer an. Hab ich mir doch gedacht, dass diese pinke Nervensäge und der oberschlaue Fielan dahinter stecken. Ich habe mich die ganze Zeit gefragt, wann du wohl mitbekommst, was ich gemacht habe. Gute Arbeit, aber jetzt ist Schluss damit." Mott hob seinen Zauberstab und schickte Blitze auf Fielan. Der duckte sich gerade noch rechtzeitig, um nicht getroffen zu werden. Fielan wusste, dass Mott ein wenig geschwächt sein musste, da so eine magische Decke viel Kraft erfordert. Trotzdem war er noch sehr stark. Lina stand etwas abseits und wollte gerade weiter Blumen zaubern, da stand auf einmal etwas hinter ihr. Sie merkte, dass es noch kälter wurde, als es sowieso schon war und erschrak. Hinter ihr stand der Troll. Fielan kämpfte gerade gegen Mott, und das Einhorn war aus Angst weggelaufen. Was sollte sie nun tun? Verzweifelt flog sie hoch in die Luft, wo der Troll nicht mehr hinreichte. So viel Angst hatte sie in ihrem ganzen Leben noch nie gehabt. Nicht wissend was sie da tat, schickte sie dem Troll irgendwelche Zauber entgegen, die alle nur an ihm abprallten. Alle bis auf einen. Dieser brachte den mit den Armen fuchtelnden Troll ins Schwanken. „Wenn ich näher ran fliege ist der Zauber stärker, vielleicht haut er ihn dann um." dachte sie und flog etwas weiter nach unten, doch der Zauber war immer noch nicht stark genug. Sie musste noch näher heran. Sie flog ein Stückchen tiefer und wollte gerade den Stab schwingen, da traf sie eine der fuchtelnden Trollhände und schleuderte sie in einem Bogen auf den Boden. Sie landete unter dem Sonnenloch. „Gleich kommt er!" dachte sie und versuchte verzweifelt aufzustehen. Da bemerkte sie, dass der Troll ihr nicht gefolgt war und auf einmal fiel ihr ein, warum nicht. „Ich muss ihn ins Licht bringen, dann versteinert er."

Sie erhob sich wieder und flog nur ein kleines Stückchen aus dem Loch raus. Sofort bewegte sich der Troll wieder in ihre Richtung. Lina flog einige Male um ihn rum. Ihr Herz pochte und ihre Finger zitterten. „Jetzt!" beschloss sie und flog blitzschnell ganz nah an den Troll ran. Sie entkam nur knapp den Trollarmen. So kräftig wie sie konnte, schwang sie ihren Zauberstab, und tatsächlich brachte sie den Troll zum Fallen. „Bitte ins Loch, bitte ins Loch!" flehte sie. Der Troll fiel und verfehlte knapp das Loch. Lina war verzweifelt. Sie hatte keine Ahnung, was sie nun tun sollte. Und aus Verzweiflung schickte sie einfach immer wieder den gleichen Zauber auf den Troll los, damit er nicht wieder aufstand. Da erschien plötzlich wieder das Einhorn. Lina wusste sofort was zu tun war. Sie mussten sich beeilen, denn der Troll war zwar geschwächt und konnte sich nicht erheben, doch sie wussten nicht wie lange. Lina zauberte also so schnell wie sie nur konnte, und das Einhorn brachte ihre Pflanzen zum Blühen. Sie hatten Glück, da der Troll sehr geschwächt war und nicht aufstand. Sie schafften es das Loch so weit auszudehnen, dass einige Sonnenstrahlen den Troll trafen, und gerade als der sich wieder erheben wollte, wurde er zu Stein. Das hatte Mott mitbekommen und schrie entsetzt: „Neiiiiiiiiin!" Das nutzte Fielan aus und brachte ihn mit einem sehr starken Zauber zum Fallen. Schnell schickte er noch einen Fesselungszauber hinterher und hatte ihn damit besiegt. Auch die Decke verschwand und der Troll wurde in eine dunkle Höhle gebracht, damit er nachts nicht wieder aus der Versteinerung gelöst wurde.

Neue Blumen begannen bunt zu blühen, die Tiere kamen wieder, die Flüsse flossen und Regenbögen leuchteten wieder. Mott wurde die Zauberkraft genommen und er wurde in die weit entfernten einsamen Wälder verbannt. Das Leben im Land der Vielfalt wurde endlich wieder bunt und friedlich. Und genauso bunt und friedlich war das Fest, das Vanessa bei Fielans und Linas

Rückkehr veranstaltete. Alle vielfältigen Bewohner waren gekommen. Jede Menge Speisen, Getränke und Musik gab es. Es war bunt geschmückt. Zu Ehren Linas wurde ihre Farbe am meisten verwendet. Nur vom Grau gab es keine Spur, denn jeder sollte sehen, dass das grausame Grau vom wunderschönen Pink besiegt wurde.

Anna-Charlotte Noll

Die Tsunami - Welle

Der Mensch gehört einer Rasse an, die sich die Natur zu Nutze und vor allem zum Untertan gemacht hat. Aber es ist genau wie mit einem Volk, das man nicht regieren kann, manchmal treten welche aus der Gemeinschaft aus. Bei der Natur sind es die Katastrophen. Aber wenn sie merken, dass wir ihr Volk und die Natur missbrauchen, werden sie wütend und lassen Häuser einstürzen, es entstehen Katastrophen. Wir machen mehr oder weniger alles mit der Erde, die sich im Jahre 2004 rächte.

Es war der erste Ferientag und eine Familie nach der anderen flog in warme Länder. Sie wussten noch nicht, was sie erwarten würde, sie flogen ahnungslos in den Urlaub, ungeahnt was sie erwarten würde. Sie gingen alle in verschiedenen Ländern von Bord. Ich erzähle euch eine Geschichte, wie sie vermutlich vonstatten hätte gehen können.

Die Ferien hatten gerade angefangen, als Rollhoch mit seiner Mutter Klaudia und seinem Vater Rolf auf dem Flughafen in den Bus stiegen und zum Flugzeug fuhren. Rollhoch plagte ein komisches Gefühl im Bauch. Er flog zum ersten Mal und er dachte es kam deswegen, doch er täuschte sich. Es hatte etwas anderes zu bedeuten. Er war am Flugzeug angekommen, an dem gerade eine Treppe heruntergefahren wurde. Die Türen des Busses glitten auf und sie gingen die Stufen hoch und wurden vom Piloten begrüßt. Sie nahmen ihre Plätze ein. Dann kam plötzlich eine dröhnende Stimme aus den Lautsprechern die unter jedem der Sitze angebracht waren: „Wir starten in zehn Sekunden!" Das Flugzeug bewegte sich mit einem Ruck und alle Passagiere wurden kurz in die Sitze gedrückt. Dann flog das Flugzeug in den Himmel und nach kurzer Zeit kam eine Stewardess mit dem Essen und jeder bekam ein Tablett aus dem Wagen, den sie vor sich herschob. Der Flug verlief, bis auf ein paar Luftlöcher und ein paar kurze Schneetreiben draußen, ganz ruhig. Sie landeten in Khao lak und stiegen aus dem Flugzeug in einen Jeep, der sie ins Hotel brachte. Dort gingen sie in ihr Zimmer, packten aus und räumten ein. Am Tag darauf stellten sie fest, dass das Hotel nahe am Wasser gelegen war (was ihnen noch zum Verhängnis werden sollte). Die nächsten Tage lang benahmen sie sich fast wie die anderen. Sie lagen am Strand, aßen Eis und schwammen im Meer. In dieser Zeit drückte und stach es in Rollhochs Bauch. Einmal war es so schlimm, dass er aufschrie und sich den Bauch hielt. Nach ungefähr einer Woche ging Rollhoch alleine zum Strand, um ein bisschen zu schwimmen. Als er ins Wasser ging und Schwimmzüge machte, merkte er, dass das Wasser nicht wie sonst war. Es war anders. Plötzlich ging das Wasser weg und Rollhoch kämpfte mit dem Sog, der auf einmal im Wasser war. Er rettete sich ans Ufer, wo er sich umdrehte und eine riesengroße Welle auf das Ufer zukommen sah. Die Leute, die am Strand standen, riefen: „oh!" und „ah!" wie bei einem

Feuerwerk. Rollhoch rannte so schnell er konnte vom Ufer weg und sah sich nur selten um. In ihm kämpften Furcht, Angst und Ohnmacht. Er musste so schnell er konnte das Hotel erreichen, damit er den Leuten sagen konnte, dass eine Riesenwelle mit rasender Geschwindigkeit auf sie zukam. Plötzlich blieb er wie erstarrt stehen und sagte in Gedanken zu sich selbst: „Meine Eltern, was ist mit meinen Eltern?" Er drehte sich um und bahnte sich einen Weg durch die Menge bis zu dem Hotel, in dem sie ihr Zimmer hatten. Er rannte bis ganz nach oben und als er sah, dass seine Eltern nicht da waren, rannte er wieder nach unten und fragte den Portier, wo seine Eltern sind. Der antwortete nur: „Sie sind auf einer Insel picknicken." Rollhoch rannte nach draußen und sah, dass die Welle gerade über dem Strand einschlug. Er rannte immer weiter vom Strand weg. Doch es half nichts, er wurde von den Wassermassen überspült, und es breitete sich eine Leere in seinem Kopf aus. Das Letzte was er sah war, dass sich das Wasser um seinen Kopf rot färbte, weil er gegen einen Stein geschleudert wurde. Das Letzte, was er spürte war, dass sein Kopf nicht mehr denken konnte. Plötzlich war alles verschwunden und er sah und hörte nichts mehr.

Da sieht man mal, wie man sich in der Erde täuschen kann. Katastrophen sind fast das Schlimmste auf der Welt.

Flemming von Seht

Einhörner aus dem Nebel

„Juhu!" kreischten Anne, Lotti und Mareike, als sie auf ihren Lieblingsort, den Einhornhof Fairy zufuhren. Dort verbrachten sie jede Ferien. Der orange Himmel zeigte fast keine lila Wolken. Auf dem Hof werden nicht nur Einhörner gezüchtet, sondern auch rosa Häschen. Endlich angekommen eilten sie zu ihren Einhörnern. Grande, Barbarossa und Gisela wieherten, als sie die Mädchen sahen. „Jippi! Sechs Wochen auf dem Einhornhof!" schrieen alle. Sie holten die Einhörner und ritten aus.

Als sie wieder zurückkamen, ging Tina, die Besitzerin des Hofes, mit traurigem Gesicht auf sie zu. Sie erzählte ihnen, dass sie zu wenig Geld hätten. Weil sie zudem nicht genügend Einhörner besäßen, käme kein Geld in die Kasse. Der Einhornhof sei deshalb in Gefahr. Vielleicht müssten sie ihn schließen. Die Mädchen waren entsetzt! Ihr Einhornhof, verkauft? Traurig gingen sie in ihr Zimmer.

Am nächsten Tag holten sie Grande, Barbarossa und Gisela, um vor dem Frühstück noch kurz zu reiten. Nach dem Essen beschlossen sie, weil keine lila Wolken am Himmel waren, eine Kutschfahrt zu machen. Sie gingen in den Stall und holten Bimbo, den Esel. Die Kutschfahrt durch das Einhornhofgelände machte riesigen Spaß. Sie sangen Lieder und dachten gar nicht mehr an den Verkauf des Hofes. Am Abend waren sie so müde, dass sie sofort einschliefen. Die Zeit verging wie im Fluge. Eines Tages jedoch passierte etwas Merkwürdiges.

Die drei Mädchen waren gerade auf einem ausgiebigen Ausritt, als Nebel aufstieg. Lotti, Anne und Mareike fürchteten sich und sie hatten Angst um die rosa Häschen, die sehr selten waren. Sie meinten, im Nebel einen Zentauros zu erkennen. Sie hörten ein Flüstern zu ihnen herüberschallen: „Ich bringe euch das große Glück!" Den Mädchen war trotzdem noch unheimlich und sie gingen zu Tina, um ihr alles zu erzählen. Tina konnte es nicht glauben und dachte, der Nebel hätte die Mädchen verwirrt. Am nächsten Tag jedoch erschien der Zentauros wieder. Als Tina gerade die Einhörner versorgte, sah sie von weitem eine Gestalt. Schnell rief sie die Mädchen. Aufgeregt zeigte Tina auf die Gestalt. „Was ist denn das da hinter ihm?" rätselte Mareike. Als es näher kam, sahen sie es. Es waren Einhörner, wilde Einhörner. Ihnen stockte der Atem. Die Gestalt kam näher und mit ihm die Tiere. Sie fürchteten sich und traten enger zusammen. Da rief die Gestalt: „Für euch, macht das Gatter auf!" Tina öffnete das Gatter, während Lotti noch staunte. „Fü..., fü..., für uns!" stotterte Lotti. Doch da war die Gestalt schon wieder weg. Die Freunde erzählten natürlich jedem von den wilden Einhörnern. So blieb es auch einem Team vom Fernsehen nicht verborgen, und sie meldeten sich überraschend zu einer Live-Reportage über die wilden Einhörner und den Hof an.

Seitdem belagerten Journalisten Tag und Nacht das Gelände des Einhornhofes. Die Reportage wurde weltweit ausgestrahlt. Es meldeten sich sogar Zeitungen aus Australien und Amerika für ein Interview mit Tina. „Das mit dem Fernsehen war echt eine klasse Idee!" sagte Lotti. „War ja auch von mir!" grinste Anne. Mareike meinte: „Jetzt geht's unserem Einhornhof wieder gut, und das ist doch wohl die Hauptsache." „Hast recht!" riefen Anne und Lotti.

Anne-Dorette Ziems

Der Elfenbaum

Da unsere alte Wohnung zu klein geworden war, sind wir in ein neues Haus gezogen. Ich war gerade dabei mein Zimmer einzurichten, als mein kleiner Bruder rein kam und mich fragte, ob ich mit ihm Fußball spielen möchte. Ich sagte: „Ja gerne!" da ich keine Lust mehr hatte, mein Zimmer einzuräumen. Wir stellten die Tore auf. Mein Bruder hatte sich das Tor vor der Mauer ausgesucht, also musste ich das Tor vor dem Wald nehmen. Es stand 3:3. Mein Bruder schoss den Ball so doll, dass ich den Ball nicht halten konnte und er in den Wald rollte. Mein Bruder freute sich, dass es jetzt 4:3 stand. Um den Ball zu holen, ging ich in den Wald, ich kam immer tiefer in den Wald rein und die Bäume wurden dichter.

Bald wusste ich nicht mehr wo ich war. Die Bäume hatten Gesichter und Arme bekommen, sie griffen nach mir und sie sahen wie schreckliche Monster aus. So schnell ich konnte lief ich weiter, ich hatte schreckliche Angst. Auf einmal hörte ich hinter mir eine piepsige Stimme, die sagte: „Bleib stehen, ich tu dir nichts, bleib doch stehen!" Ich wunderte mich, woher die Stimme kam. Da ich neugierig bin, blieb ich stehen und rief in den Wald rein: „Wer bist du? Wo bist du?" „Ich bin vor dir, und ich heiße Kiki!" „Bist du eine Elfe?" „Ja und ich bin 109 Jahre alt." Ich sagte erstaunt: „109 Jahre, das ist aber alt!" „Nein das ist nicht alt, die älteste Elfe ist 1098." Ich staunte nur. Für eine kurze Zeit war es still im Wald bis Kiki fragte: „Was machst du eigentlich hier im Wald?" „Ich habe mit meinen Bruder Fußball gespielt und der Ball ist in den Wald gerollt und ich habe ihn gesucht und habe mich verlaufen. Kennst du den Weg?" „Nein, aber ich kenn jemanden, der den Weg kennt. Komm mit!"

Wir gingen weiter in den Wald hinein, aber ich hatte nicht mehr solche Angst, weil Kiki bei mir war. Wir kamen auf eine Lichtung zu einem glühenden Baum. Ich fragte Kiki: „Warum glüht der Baum?" „Der glüht nicht, das sind Elfen. Das ist der Baum der Königin. Alle Elfen kommen, wenn sie Rat brauchen, hier her. Wir traten näher, sehr komisch so ein Elfenbaum. Kiki holte die Königin raus, weil ich zu groß für den Eingang war. Als die Königin mit Kiki kam, schimpfte sie mit ihr: „Warum hast du sie mitgebracht? Du weißt doch, dass die Menschen unsere Bäume holen und verbrennen." „Ich bin nicht so ein Mensch, wie sie gerade beschrieben haben! Ich bin ein nettes 12-jähriges Mädchen, das sich verirrt hat und ich dachte immer, Elfen sind so nett wie Kiki! Sie trifft keine Schuld!" maulte ich die Königin an, die ganz erschrocken war, dass ich in so einem Ton mit ihr geredet hatte. Ich sagte schnell hinterher: „Entschuldigung, ich wollte nicht so mit dir reden, ist mir so rausgerutscht." Die Königin antwortete mir: „Du bist wie eine Elfe, hast aber die Gestalt eines Menschen. Hier hast du ein Amulett, das dich nach Hause bringt und wieder zu uns in den Wald, aber erzähle nichts deiner Familie." „Dankeschön!" Kiki und ich haben uns für den nächsten Tag verabredet. Meine Familie war froh, dass ich wieder da war. Kiki und ich freundeten uns an und wir trafen uns jeden Tag. Sie kam sogar mit in die Schule - im Ranzen natürlich.

Ann-Kathrin Kasimir

Das Amulett des Königs

"Sie sind wieder da!" schrie der Torwächter. Sofort lief ich zum Tor. Ich bin Vincent Gettop, der Wächter der Kerker von Kasuk. Kasuk ist die Hauptstadt vom Königreich Bolium, das mit Gazza, dem elbischen Königreich, verfeindet ist.

Als ich das Haupttor erreichte, sah ich eine grölende und jubelnde Menschenmasse, die mir die Sicht versperrte. Ich wollte natürlich wissen, warum die ganzen Leute vor dem Tor standen und versuchte mir einen Weg nach vorne zu bahnen. Zum Glück bin ich ein 1,90 Meter großer Bursche, sodass ich keine Probleme hatte, mir einen Weg zum Tor zu verschaffen. Am Tor angekommen, erblickte ich den Grund für den Jubel. Es war die Streitmacht unseres Königs Albert, die gerade von einem Feldzug gegen die Elben zurückkehrte. Ich sah die Toten, die Verwundeten, die Erschöpften und die glücklichen Soldaten. Und ich sah vier Gefangene: einen alten Mann, zwei Krieger und eine junge Frau, die so schön war, wie die erste Tulpenblüte nach einem harten Winter. Ich sah sie an und sie erwiderte meinen Blick und lächelte. Was sie wohl gedacht hatte? Vielleicht: Wer ist der süße Mann da? Den muss ich mal treffen! Und schon war sie hinter einer Kurve verschwunden. Ich blieb noch, bis alle Soldaten an mir vorbeigegangen waren, ehe ich zurück zum Kerker schlenderte. Auf dem Weg dahin dachte ich die ganze Zeit an die hübsche Elbin und hoffte, dass sie in meinen Kerker gebracht würde. Als ich die Treppe zum Kerker hinunter stampfte, rief Norbert der Hauptmann schon: „Wo bleibst du denn? Wir haben zwei neue Zugänge! Einen alten Mann und ein Weib." Ich brauchte nicht lange zu warten, bis mir klar wurde, dass er mit Weib die hübsche Elbin meinte. Natürlich war ich überglücklich, dass mein Wunsch in Erfüllung gegangen war. Aber was ist mit den beiden Kriegern passiert? Ich beschloss Norbert zu fragen: „Wo sind die beiden Soldaten?"

„Die sind tot!" erwiderte Norbert und lachte

spöttisch, bevor er fortfuhr: „Haben doch tatsächlich versucht zu flüchten und wurden kurzerhand von der Stadtwache erschossen!" „Ach so!" antwortete ich und lehnte mich enttäuscht gegen die Wand. „Was stehst du so dumm rum, Vincent?" schrie Norbert. „Geh und kümmere dich um die Gefangenen!" „Jawohl, Hauptmann!" erwiderte ich, während ich salutierte.

Den ganzen Weg zu den Zellen dachte ich drüber nach, ob ich erst die Elbin oder erst den alten Mann versorgen sollte. Ich beschloss: Das Beste zum Schluss! Ich erreichte die Zelle des alten Mannes und öffnete sie. „Ich habe dich erwartet, Vincent!" sagte der Mann ohne sich umzudrehen. Kurz musste ich überlegen, was ich sagen sollte: „Bist du ein Seher, alter Mann?"

„Oh, bitte nenn mich Nimux!" erwiderte er.

„OK, das beantwortet aber nicht meine Frage."

„Die ist ganz leicht zu beantworten! Ich weiß alles."

„Woher willst du wissen, ob du alles weißt?"

„Vielleicht, weil alle alten Männer in Fantasy-Geschichten alles wissen!" erwiderte er. Ich sah ihn mir genauer an und sein langer weißer Bart und seine faltige Stirn, die mit dem Grand Canyon mithalten könnte, erweckten den Eindruck, dass er wirklich ein alter Mann aus Fantasy-Geschichten ist. Ich gab ihm sein Essen und wandte mich zur Tür. „Danke für das Essen!" sagte Nimux dankend. „Bitte!"

Als ich die Zelle abgeschlossen hatte, machte ich mich auf den Weg zur Elbin. An der Zellentür angekommen, klopfte ich vorher an, wie es sich für einen Gentleman gehörte. „Herein!" erklang eine Stimme, die sich so anhörte wie eine singende Nachtigall. Ein Hauch Lavendelduft kam mir entgegen, als ich die Tür öffnete. Die Elbin saß auf dem Bett und hatte ein langes himmelblaues Kleid an. „Äh...Essen!" stammelte ich nervös. „Vielen Dank!" sagte die Elbin bevor sie fragte: „Wie heißt du?" „Vincent! Vincent Gettop - und du?" „Ich heiße Glorya von Tar!" Ich dachte über den Namen nach. Den hatte ich doch irgendwo schon mal gehört! Na klar! „Du bist die Tochter des Elbenkönigs!" schrie ich erstaunt. „Noch lauter geht's nicht, wie?" giftete sie mich an: „Ich will nicht, dass man weiß, wer ich bin." „Warum sagst du es mir dann?" fragte ich. „Ich habe es dir gesagt, weil ich mich in dich verliebt habe." „Was?" fragte ich verdutzt. „Ich liebe dich!" „Ich dich auch!" antwortete ich. Sie kam immer näher, bis sie so nah mit ihrem Kopf war, dass ich die einzelnen Poren ihrer rosigen Wange erkennen konnte. Unsere Lippen berührten sich. Das war der schönste Augenblick in meinen Leben. Nachdem sich unsere Lippen gelöst hatten, fing sie an zu weinen. „Warum weinst du denn?" fragte ich tröstend. „Morgen soll ich getötet werden." „Warum?" fragte ich entsetzt. „Weil dein König alle elbischen Gefangenen töten will." „Komm mit!" sagte ich mit befehlender Stimme. „Was!" sagte Glorya überrascht. „Ich kann nicht zulassen, dass du getötet wirst und deshalb befreie ich dich." Wir liefen aus der Zelle. Plötzlich blieb Glorya stehen. „Was ist los?" fragte ich verdutzt. „Wir müssen den alten Mann mitnehmen," sagte sie. „Warum?" „Weil er ein alter Freund von mir ist." „Na schön, beeile dich aber," sagte ich während ich ihr die Kerkerschlüssel zuwarf. Sie öffnete die Zelle, ging hinein und kam nach kurzer Zeit mit Nimux wieder. Wir gingen zusammen zum Wachhaus, indem Norbert gerade seinen Mittagsschlaf hielt. Wir schlichen leise zur Tür und öffneten sie. Ich ging als erster die Treppe hoch, um zu sehen, ob die Luft rein war. Auf der Straße war keine Person zu sehen. Ich holte die anderen hoch. „Wir müssen zum Pferdestall," flüsterte ich. Wir liefen über die Straße zum Pferdestall, in dem ich drei Pferde sattelte. Wir ritten los. Am Haupttor angekommen, kam ein Soldat auf uns zu. „Wenn ich drei sage, reiten wir los!" zischte ich. Der Soldat kam immer näher. Langsam entwickelte sich ein mulmiges Gefühl in meinen Bauch. „Eins!" sagte ich. Der Soldat kam immer näher. Ich bekam langsam Panik. „Zwei!" Der Soldat sah mich an, ging danach zu Nimux und blieb bei Glorya stehen. Er sah sie lange an und sagte dann: „Wartet hier!" Er ging zu einem Offizier und redete mit ihm. Auf einmal zeigte er auf Glorya und kam angerannt. „Drei!" schrie ich und haute meine Füße in die Flanke des Pferdes. „Halt!" rief der Soldat und versuchte uns einzuholen. Wir ritten aus der Stadt und erreichten einen kleinen Wald, wo wir stehen blieben. „Ui, das war knapp!" lachte Nimux, glücklich darüber, dass die Flucht gelungen war. „Ich schlage vor, dass wir den alten Pfad durch den Nachtwald nehmen," sagte ich. „Wieso?" fragte Glorya. „Weil dort keine Wachen stationiert sind," erklärte ich ihr. „Aber dort gibt es Monster!" „Ach was, das sind nur Märchen." Wir ritten los.

Am Nachtwald angekommen, ritt ich als erster in den Wald, musste aber nach ein paar Metern absteigen, weil es so dunkel war, dass man vom Pferd aus den Pfad nicht erkennen konnte. Nach einer langen Stille fing Nimux an, ein elbisches Lied zu singen, das ich nicht verstand. Es wäre aber bestimmt schön gewesen, wenn es eine

Person gesungen hätte, die singen kann. Plötzlich gabelte sich der Weg. „Na toll, welchen Weg sollen wir nehmen?" stöhnte Glorya. „Den linken Weg!" befahl ich. „Warum den linken und nicht den rechten?" fragte Nimux. „Weil ich das sage," sagte ich ungeduldig. „Ich nehme den rechten Weg." „Nimm doch den Weg, den du willst!" erwiderte ich. Er ging beleidigt los und verschwand in der Dunkelheit. „Das hast du ja toll hin bekommen, Vincent!" sagte Glorya und lief Nimux hinterher. Ich blieb alleine zurück und überlegte, was ich jetzt tun sollte. Ich beschloss den beiden zu folgen. Natürlich wegen Glorya. Nicht dass ihr denkt, dass ich Angst bekomme, wenn ich allein in einem dunklen Wald stehe, in dem es Monster geben soll! Als ich eine Weile gegangen war, hörte ich einen Schrei. Ich lief sofort in die Richtung, aus der der Schrei kam. Plötzlich hörte ich ein Geräusch, das sich so anhörte wie ein langer Fingernagel, der langsam über eine Tafel gekratzt wird. Um den Verursacher des Geräusches ausfindig zu machen, blickte ich wild um mich.

Da, an einem Baum hatte sich etwas bewegt! Ich ging langsam zum Baum und sah ein Geschöpf, das ich noch nie gesehen hatte. Es war in etwa so groß wie eine Kuh, hatte vier schuppenbesetzte Beine, an deren Ende tellergroße Klauen darauf warteten, einem Opfer die Eingeweide aus dem Körper zu ziehen. Es hatte einen ovalen Körper, der mit braunem Fell überzogen war und keinen Hals. Der Kopf war groß und hatte ein langes Maul, in dem messerscharfe Zähne funkelten. Das Geräusch hatte es mit einer Kralle verursacht, indem es sich damit an einem seiner großen Hörner kratzte. Es sah mich an und öffnete das Maul. Ich ging langsam zurück, und plötzlich schnellte die Zunge heraus und wickelte sich um meinen Hals. Ich fiel hin, als die Kreatur ihre Zunge langsam einzog. Krampfhaft versuchte ich die Zunge zu entfernen, um Luft zu bekommen, aber es gelang mir nicht. Mit dem Kopf zuerst wurde ich zum Maul gezogen. Ich konnte nicht erkennen, wie weit das Maul entfernt war. Auf einmal quiekte das Monster kurz und die Zunge erschlaffte. Ich sprang sofort auf und befreite mich dabei. Als ich mich kampfbereit zum Monster umdrehte, erblickte ich Nimux.

Mit einem blutigen Speer stand er auf der Kreatur. „Was machst du denn hier?" fragte ich verdutzt. „Na was wohl? Schauen, was du so machst." „Ich? Ich war gerade dabei dieses Monster zu töten," erwiderte ich mit leicht rötlichen Wangen. „Das sehe ich!" lachte der alte Mann, bevor er fragte: „Hattest wohl Angst, alleine im Wald zu bleiben, was?" „Nein!" antwortete ich schnell. „Ich wollte euch nur nicht alleine lassen." „Ja! Ja!" sagte Nimux. „Was war das für ein Geschöpft?" fragte ich ihn. „Das war eine Schreizunge. Sie schreit, um ihre Opfer anzulocken, um sie dann mit ihrer Zunge zu erwürgen und dann aufzufressen," antwortete Nimux. „Wo ist Glorya?" „Sie ist schon in Gazza, liegt gleich hinter dem Wald. Und nun komm, ich habe Hunger," sagte Nimux. Wir gingen los. Und tatsächlich, hinter dem Wald konnte man schon

Zecka, die Hauptstadt Gazzas sehen.

Als wir in Zecka ankamen, lief mir Glorya schon entgegen und fiel mir weinend um den Hals. „Oh Vincent, mein Vater ist gestorben, und nun droht ein großer Krieg," schluchzte sie. „Das dürfen wir nicht zulassen! Gibt es denn keine Möglichkeit, den Krieg zu verhindern?" fragte ich entsetzt. „Doch, gibt es!" mischte sich Nimux in unser Gespräch ein. „Welche?" fragten Glorya und ich wie aus einen Mund. „Siehst du dein Amulett, Vincent?" fragte er. „Ja!" sagte ich, während ich es mir ansah. Es war ein Erbstück meiner Familie, das von Generation zu Generation weitergereicht wurde. „Das ist das Erbe des wahren Königs der Menschen," erklärte Nimux. „Das bedeutet, dass ich der König bin?!" Ich drehte mich sofort zu Glorya um. „Glorya wir brauchen nur zu heiraten und die Königreiche werden vereint und es herrscht Frieden! Also willst du mich heiraten?" fragte ich Glorya hoffnungsvoll. „Ja, ich will!" schluchzte sie vor Freude und küsste mich. Am nächsten Tag heirateten wir und schickten einen Brief zum jetzigen König von Bolium, der sofort anreiste, um sich zu versichern, dass ich nicht lüge. Natürlich hat er erst protestiert, aber als ich ihn zum persönlichen Berater ernannt hatte, war er wieder glücklich. Und so lebten wir glücklich bis ans Ende unserer Tage.

Hagen V. Bußmann

Das Flammentor

Schweißgebadet erwachte Suki in ihrem Bett. Schon wieder hatte sie einen dieser Alpträume gehabt, die so unglaublich realistisch wirkten und es vielleicht sogar waren. Mutter hatte gesagt, ich könne sie jederzeit wecken, wenn es wieder passiert. Ja, genau das sollte ich tun, dachte Suki bei sich und war schon im Begriff aufzustehen, als sie sich ihrer Umgebung bewusst wurde. Der Mond schien in dieser Nacht besonders hell durch die hohen Fensterscheiben des Schlafsaals der Priesterinnenschule Xutania. Schlagartig wurde Suki klar, wo sie sich befand. Sie war nicht mehr zu Hause, sondern hier. Ihre Mutter lebte bereits seit vier Jahren nicht mehr. Morgen würde Suki ihre Prüfung bestreiten, um eine richtige Priesterin zu werden, genau wie ihre Mutter eine gewesen war, bevor sie starb. Sukis Mutter, Ciara, war keine dreißig gewesen, als sie durch ein Unglück starb, an dem ihr Geliebter schuld war. Tyrensis! Suki war sich sicher, dass er sie hätte retten können, doch er hatte es nicht getan, weil ihm sein eigenes Leben wichtiger gewesen war. Darum hasste Suki ihn aus ganzem Herzen. Jeden Tag verbrachte sie Zeit damit, zu planen, wie sie Tyrensis schaden könnte, um endlich ihre Rache zu bekommen. Nur weil sein eigenes Leben ihm lieber gewesen war als das ihrer Mutter, hatte Ciara sterben müssen.

Ciara opferte ihr Dasein als Priesterin für ein mögliches Zusammenleben mit ihrer Tochter. Suki sollte bereits früh ihre Ausbildung in der Priesterschule beginnen. Ihre Mutter hatte sie geliebt, aber Suki war kein Kind der Liebe gewesen, sondern ein Kind der Pflicht, da es nur den Kindern von Priestern erlaubt war, wieder Priester zu werden. So hoffte man, die heilenden Fähigkeiten zu vererben und zu verbessern. Ihr Vater war ein Priester gewesen, doch sie hatte ihn nie kennen gelernt. Er war zu einer neuen

Aufgabe geeilt, gleich nachdem fest stand, das Ciara endlich ein Kind empfangen würde. Suki wusste nicht, was aus ihm geworden war, doch mittlerweile war er wahrscheinlich längst gestorben.

Es war Krieg im Land, und erfahrene Priester und Heiler wurden überall gebraucht. Suki würde ihre Prüfung bestehen, sie musste es einfach, und dann würde sie losziehen und versuchen, eine Stelle am Hof von Tyrensis zu bekommen. Er war ein Herzog, aber früher oder später, so schwor sie sich, würde Suki ihre Rache bekommen. Die Rache an ihrem Stiefvater, um endlich den Tod ihrer Mutter zu rächen!

Am nächsten Morgen erwachte Suki unausgeschlafen und trübsinnig. Nicht gerade die geeignete Stimmung, um eine Prüfung zu bestreiten, dennoch war Suki optimistisch. Sie hatte fleißig gelernt und beherrschte alle Beschwörungen perfekt. Keine von den

Anwärterinnen wusste, was sie in dieser Prüfung erwartete, denn die Priesterinnen sprachen nicht darüber.

Suki und die anderen Anwärterinnen wurden gebeten, sich nach dem Frühstück in der großen Halle einzufinden, von wo aus die Treppen zu den unteren Gewölben und den Türmen führten. Viele der jüngeren Schülerinnen wünschten ihnen Glück, als sie den kleinen Raum verließen, in dem sie gewöhnlich ihr Essen zu sich nahmen. Rin Ayerbe wies sie an, sich in einer Reihe vor dem Treppenaufgang aufzustellen. Nacheinander würden sie eine der Treppen herauf- oder heruntergebeten werden. Alle waren nervös und fast alle trommelten mit den Händen auf die Oberschenkel oder sprangen von einem Fuß auf den anderen. Suki war als dritte dran. Ihre Freundin Lilette verschwand gerade als zweite aus ihrem Blickfeld. Sie war in die Gewölbe heruntergerufen worden, nun würde Suki in die Türme hinauf müssen. Sie wurde unruhig und hatte Angst. Jeder Anwärterin wurde eine individuelle Aufgabe gestellt, die auf ihre besonderen Fähigkeiten, ihren Charakter und ihre Erinnerungen abgestimmt war. So hatten es die Schwestern beschrieben. Keine der Anwärterinnen wusste, dass sie sich ihren größten Ängsten und schlimmsten Erinnerungen stellen mussten.

Rin Ayerbe rief nun nach Suki und führte sie zum Treppenaufgang des Turmes der aufgehenden Sonne. Während Suki langsam die lange Wendeltreppe hinaufschritt, versuchte sie sich daran zu erinnern, was Ciara ihr einmal verraten hatte, doch sie kam einfach nicht darauf. Am Ende der Treppe öffnete sich eine robuste Eichentür, ohne dass sie jemand berührt hatte und Suki trat ein. In der Mitte des Raumes stand die Oberpriesterin Aureole, die MaRin und somit auch die ranghöchste Priesterin von Xutania. Hinter Suki fiel die Tür mit einem dumpfen Schlag zurück ins Schloss. „Willkommen Suki, bist du bereit für die Aufgabe?" „Ja, das bin ich, MaRin." Aureole nickte bedächtig und sagte: „Bedenke, dass du dein Leben gefährdest. Wenn du die Prüfung nicht bestehst oder es nicht schaffst, die Gefahr zu bannen bis du in Sicherheit bist, wirst du sterben." Suki nickte. „Ich bin mir der Konsequenzen meines Handelns bewusst und bin bereit sie zu tragen." „So sei es!" antwortete Aureole und der Raum um Suki herum verblasste. Sie stand inmitten von Nebelschwaden und sah kaum die Hand vor Augen. Der Nebel waberte um Suki herum und schien mit feuchten Fingern nach ihr zu greifen. Wie sie solchen Nebel hasste! Sie begann langsam zu gehen, fühlte jeden ihrer Schritte und versicherte sich, dass nicht direkt vor ihren Füßen ein Abgrund lauerte, der nur darauf wartete sie zu verschlingen. Nachdem sie, wie ihr schien, einige Zeit im Nebel herumgeirrt war, hoben sich die Schleier vor ihr und gaben den Blick auf ein steinernes Tor frei. Soll ich etwa einfach durch das Tor gehen, um die Aufgabe zu lösen? überlegte Suki und schritt langsam auf das Tor zu. Als sie noch zwei Meter davon entfernt war, erklang ein Zischen und blaugrüne Flammen waberten an dem Tor hoch. Wenn Suki es durchqueren wollte, würde sie die Flammen durchqueren müssen. Flammen, überall waren Flammen. Von fern erklang der schmerzerfüllte Schrei einer Frau, auch Suki schrie. Sie stand in einem Meer aus Feuer, einem solchen Feuer, in dem auch ihre Mutter gestorben war. Doch nun sah sie es nicht von weitem, wie es damals gewesen war, sondern sie war mitten drin. Sie sah keinen Ausweg. Doch dort, war da nicht eine Lücke zwischen den Flammen? Suki, die unbewusst zu Boden geglitten war, sprang auf und rannte auf ihren Hoffnungsschimmer zu. Sie hatte Recht gehabt, es gab eine Lücke. Mit einem Satz sprang sie hindurch, rollte sich ab und kam wieder auf die Beine. Mit einem erschreckten Aufschrei fiel sie zurück. Vor ihr auf dem Boden kniete Ciara, ihre Mutter. Manche Stellen ihres weiten Gewandes wiesen bereits kleine Brandflecke auf. „Mutter, was um Rikunas Willen tust du hier?" Ciara blickte sie aus traurigen

Augen an. „Das weißt du doch, Tochter. Ich werde hier sterben. Was du siehst, ist nur eine Erinnerung meiner selbst. Und das weißt du auch. Sieh dich um, siehst du eine Möglichkeit dieser Hölle aus Feuer zu entfliehen?" Plötzlich begriff Suki, wo sie sich befand. Sie war auf dem Gut von Tyrensis, das vor vielen Jahren bei einem Brand völlig zerstört wurde. Dennoch verstand sie nicht, warum sie hier war. Ihre Mutter war bereits tot, sie konnte sie nicht mehr retten. „Sag es mir, Suki, sieh dich um!" Ciara kam auf sie zu und packte sie an den Schultern. Mit ernstem Blick schaute sie Suki in diese unergründlich grünen Augen, die auch sie selber besaß. Suki spürte die Hitze des Feuers auf ihrer Haut, das langsam über den Boden auf sie zu kroch. Sie erstarrte unwillkürlich. „Ich sehe keinen Ausweg, wir werden sterben." Ciara nickte zufrieden. „Suki, es gibt keinen Weg hinaus, dass heißt, dass es auch keinen Weg hinein gibt. Mich hätte niemand retten können. Auch Tyrensis nicht." Die Worte trafen Suki wie ein Schlag. Ihre Rachegelüste waren all die Jahre

unbegründet gewesen? Wieso hatte sie Tyrensis`
Briefe nur nie beantwortet? Sie noch nicht einmal
gelesen? Er hatte ihr doch regelmäßig
geschrieben. „Suki, hör mir zu! Er ist unschuldig,
verstehst du mich? Er liebt dich, als wärst du
seine eigene Tochter, und das weißt du auch. Er
hat es sich selbst nie verziehen, dass er mich
nicht retten konnte, doch er hatte gar keine andere
Wahl. Er leidet fürchterlich darunter, dass auch du
ihm noch die Schuld an meinem Tod gibst. Du
bestrafst ihn nur noch mehr. Du musst es endlich
einsehen!"
Ciara schrie jetzt fast. Tränen rannen ihr die
Wange hinab und ließen ihr Gesicht im
Feuerschein leuchten. Suki war wie vor den Kopf
geschlagen. Sie konnte es einfach nicht glauben.
Mit einem Mal begann Ciaras Gestalt zu
schwinden. „Mutter, was ist mit mir?" Suki geriet in
Panik, sie würde verbrennen. „Du musst dich
erinnern Suki, der Schlüssel liegt in deiner
Erinnerung." Mit diesen Worten schwand Ciara
ganz und Suki war allein, allein in einem Meer

aus Hitze, Rauch und Schmerz. Sie sah, wie die Flammen langsam über den Boden auf sie zu krochen, aber ihr konnte doch keine unlösbare Aufgabe gestellt worden sein!

Angestrengt versuchte sie sich an die Worte ihrer Mutter zu erinnern. Doch sie konnte es einfach nicht. Ihre Gedanken schweiften immer wieder ab. Tyrensis war unschuldig, und sie hatte ihn all die Jahre gehasst und es für ihn um so schwieriger gemacht. Sie musste hier unbedingt heraus, um seinetwillen. Sie musste sich entschuldigen und ihm sagen, dass sie ihm verziehen hatte, und dass Ciara ihn bis in alle Ewigkeit lieben würde und vor allem, dass auch sie es tat.

Plötzlich wurde Suki alles klar, sie erinnerte sich daran, was ihre Mutter ihr einmal gesagt hatte als sie noch jünger gewesen war. „Die Aufgabe ist durch das Vertrauen in die eigenen Fähigkeiten und Selbstvertrauen zu bewältigen. Stelle dich deinen Ängsten, lasse sie zu und kämpfe nicht gegen den Schmerz, denn er ist dein Verbündeter. Sei einsichtig und lerne zu verzeihen, anderen, aber auch dir selbst!"

Sie war noch zu jung gewesen, um die Worte ihrer Mutter zu verstehen, doch jetzt erinnerte sie sich daran und verstand. Suki schloss die Augen und konzentrierte sich darauf, was sie gelernt hatte. Sie sprach einen Segen über Tyrensis und verzieh ihm, auch in ihrem Herzen, denn das war das Wichtigste.

Dann stand sie auf und ging langsam auf die Flammen zu. Sie spürte die Hitze auf der Haut, doch sie scherte sich nicht darum. Sie schritt einfach ins Feuer hinein und machte sich auf den Weg, um zum Ausgang zu gelangen. Die Flammen verzehrten ihre Kleider, versengten ihre langen schwarzen Haare und brannten auf ihrer Haut. Doch Suki kämpfte mit aller Kraft, die sie aufbringen konnte, gegen den Schmerz und schritt tapfer weiter. Es konnte nicht mehr besonders weit sein, hoffte sie zumindest. Ein Zierdolch, der an der Wand gehangen hatte, fiel auf sie herab und schnitt ihr in die Wange. Der neue Schmerz ließ sie taumeln, doch sie fing sich schnell wieder und ging weiter. Ein Lichtschimmer vor ihr zeigte, dass sie ihr Ziel fast erreicht hatte und Suki mobilisierte all ihre Kräfte und begann zu rennen. Sie durchbrach die letzte Feuerwand und brach zitternd zusammen. Dennoch wandte sie sich um. Ihr nackter Körper brannte unerträglich und es roch nach verbranntem Fleisch. Vor ihren Augen loderten die Flammen noch einmal hell auf und verblassten dann, genau wie es bei Ciara zuvor gewesen war. Suki kniete wieder vor dem Tor mit den blaugrünen Flammen. Mit dem brennenden Gut waren auch ihre Verbrennungen verschwunden. Nur der Schnitt, den ihr der Dolch zugefügt hatte, war noch da und blutete leicht. Und eben jener Dolch lag neben ihr. Sie nahm ihn auf, stand keuchend auf und schritt endlich durch das Flammentor. Wiederum wurde alles um Suki herum weiß und erneut umwaberte sie kalter Nebel, doch bereits kurze Zeit später tauchte aus dem Nebel das Turmzimmer im Ostturm vor ihren Augen auf und   wieder sank sie erschöpft zu

Boden, den Dolch fest an ihr Herz gedrückt.

Aureole hatte sich auf einem Stuhl niedergelassen und lächelte sie nun beruhigt an. „Wie ich sehe, bist du endlich zurückgekommen Wie schön." Suki stand auf. „Was meinst ihr mit 'endlich' MaRin Aureole? War ich so lange fort?" Aureole lächelte nur weiter und deutete durch eines der Fenster auf die Sonne, die bereits unterging. „Komm mein Kind, du musst hungrig sein. Du und die anderen, die es geschafft haben, sollen sich endlich stärken. Du bist jetzt eine Rin, eine richtige Priesterin. Du wirst zu Tyrensis gesandt werden, er hat darum gebeten." Suki lächelte jetzt auch. „Ja, mit dem größten Vergnügen. Ich werde ihm mit gutem Gewissen den Segen der Göttin erteilen. Ich habe viel gelernt." Die schwere Eichentür öffnete sich und zusammen mit Aureole verließ Suki den Turm der aufgehenden Sonne und schritt hinaus in ein neues Leben.

Jana-Marie Boysen

Titan

An einem Morgen im Juli ging Jonas wie jeden Morgen zum Hafen. Dort lag nämlich ein altes Segelschiff an der Kaimauer. Dieses Schiff gefiel ihm sehr. Er kannte sich sehr gut mit den Segeln aus. Das Schiff hatte 26 Kanonen und konnte trotz seiner 360 Tonnen bei gutem Wind seine neun Knoten fahren. Doch an diesem Morgen standen drei Männer in der Nähe und unterhielten sich. Soweit Jonas verstehen konnte, redeten sie über das Schiff. Es sollte in zwei Wochen aus dem Wasser geholt und verschrottet werden. An diesem Abend ging er wieder zum Schiff, weil er es noch einmal sehen wollte, bevor es verschrottet wurde. Da hörte er eine Stimme, die sagte: „Komm an Bord, Jonas, und mach die Leinen los. Ich will nicht verschrottet werden. Ich möchte in See stechen und nach Hause." Jonas sagte erschrocken: „Wer und wo bist du?" Die Stimme antwortete: „Ich bin genau vor dir." Jonas schaute nach vorn. Er sah aber nichts außer dem

Schiff, das am Bug den Namen „Titan 2" trug. Jonas dachte, dass er jetzt spinnt. Denn Schiffe konnten normalerweise nicht sprechen. Er sagte zögernd: „Du kannst reden? Und was hast du gesagt? Du willst nach Hause?" „Ja, mein eigentliches zu Hause liegt auf dem offenen Meer. An kalten, nassen Kaimauern fühle ich mich nicht wohl. Ich muss immer irgendwo anders sein und das Salzwasser des Meeres um mich haben." „Aber was werden meine Eltern sagen?" fragte Jonas. „Die wissen Bescheid. Mein Freund, Kaptain Kurk, hat sich darum gekümmert. Er meinte zu deinen Eltern, dass du mit zwei echten Segelprofis segelst. Und das ist nicht gelogen!" sagte das Schiff zufrieden. „Zwei Segelprofis ist gelogen. Ich sehe nämlich nur dich!" stellte Jonas fest. „Ich habe noch den Kaptain eines anderen Schiffes bei mir!" sagte das Schiff. „Er heißt Kaptain Kurk und ist der Kaptain von einem anderen Segelschiff." Jonas sagte: „Na gut. Legen wir ab!" „Kaptain Kurk müssen wir aber noch in Hamburg absetzen, weil er dort noch etwas geschäftliches erledigen muss," sagte das Schiff. Jonas machte die Leinen los, ging an Bord und holte die Planke an Deck, die dazu dienen sollte, dass man an Bord gehen konnte. Jonas stieg die Masten hinauf und setzte die Segel. Dann kletterte er wieder hinunter und stellte sich hinter das Ruder. Das Schiff knarrte, die Segel spannten sich durch den Wind und sie nahmen sehr langsam Fahrt auf. Jonas manövrierte das Schiff durch die Schleuse. Als sie den Hafen verlassen hatten, sprach ihn eine unbekannte Stimme von hinten an: „Gut gemacht, Junge! Es wundert mich, dass du dich mit dem Segeln so gut auskennst." Jonas zuckte zusammen und drehte sich nach hinten um. Er sah eine große Gestalt, die ihn ansah und grinste: „Ich bin Kurk!" „Kurk, was meinen Sie, warum ich diesen Jungen ausgesucht habe, um uns von hier weg zu bringen? Bestimmt nicht, weil er jeden Tag zu mir gekommen ist. Jonas, ich habe vergessen dir etwas zu sagen. Schau dir die Spitze des Großmastes mal genauer an." Jonas schaute hoch und nach kurzer Zeit erblickte er eine kleine, nein eine große Flagge, die im Wind wehte. Als er noch genauer hin sah, sah er einen Totenkopf auf der Flagge. Jonas sagte nichts dazu, sondern senkte den Kopf. Er blickte etwas nachdenklich drein und drehte dann Backbord, um von der Küste weg zu kommen. Nach einer halben Stunde sagte Jonas zu Kurk: „Könnten Sie bitte kurz das Ruder übernehmen, Kurk? Dann könnte ich eben unseren Kurs errechnen gehen." „Ay, ay Kaptain!" sagte Kurk. Er trat hinter das Steuerruder und Jonas ging in die Kapitänskajüte, wo einige Karten auf einem Tisch in einer der Ecken lagen. Nach einigen Minuten kam er wieder an Deck. Kurk fragte: „Welchen Kurs soll ich einschlagen, Kaptain?"

„Ost-Nord-Ost!" entgegnete Jonas und wandte sich an Titan 2: „Titan 2, kannst du dich selber manövrieren?"

„Klar!" sagte Titan 2, als ob es eine Selbstverständlichkeit wäre. „Kaptain! Ihr könnt mich auch „Pan" nennen. Das ist mein Spitzname." „Ok!"

Den Rest der Reise verbrachten sie damit, auf Deck hin und her zu gehen und Ausschau zu halten. Am letzten Tag ihrer Reise sagte Jonas zu Kurk: „Kurk, ab ins Krähennest. Wir sind bald in Hamburg." „Ay, Sir!" Als sie nach zwei Stunden kurz vor Hamburg waren sagte Jonas: „Kurk, nimm diese Flagge da oben ab. Wir benehmen uns wie normale Seeleute. Na los! Hoch mit der anderen Flagge." Sie kamen der Hafeneinfahrt immer näher und der Pan segelte nur noch mit dem Großmars-Segel weiter. Sie erreichten den Hafen und legten an.

Jonas sah sich vom Schiff aus den Hafen an. An einem Kai in der Nähe ihres Anlegeplatzes sah Jonas eine große Gruppe von Leuten, die ziemlich dreckig aussahen. Einer von ihnen sah zu Jonas hinüber, sagte etwas und der ganze Haufen von Leuten kam zum Schiff herüber. Der Pan sagte: „Schau Jonas! Da kommt deine Mannschaft!" Jonas sah, dass es nur Männer waren. Komisch,

Jonas kannte diese Männer und während er zusah, wie sie an Bord kamen, spürte er, wie sich in ihm etwas regte. Etwas, was er noch nie gespürt hatte. Er merkte, dass er von einem Augenblick zum anderen erwachsen wurde, und er spürte, dass er streng und gehässig wurde. Er wurde ein Pirat. Als alle an Deck des Schiffes standen, begrüßte Jonas sie und schickte sie alle an ihre Arbeit: Das Schiff wurde mit neuen Vorräten aufgefüllt. Einige Männer kletterten in den Masten herum und kontrollierten die Segel und Taue.

Als das Schiff am nächsten Tag wieder zum Auslaufen bereit war, war es noch früh am Morgen. Die Besatzung des Pans war noch sehr müde, mit Ausnahme von Jonas. Das Vorsegel wurde gesetzt, und sehr langsam bewegte sich der Pan aus dem Hamburger Hafen. Als sie den Hafen hinter sich gelassen hatten, wurden als erstes die Flaggen wieder umgetauscht. Anschließend hieß es Segel setzen und volle Fahrt voraus.

Nach einigen Tagen war der Pan etliche Meilen vom Festland entfernt. Ihr Kurs führte sie nach Kuba, wo Jonas, der von seiner Mannschaft nur noch Jon genannt wurde, einen anderen Piraten treffen wollte. Nach einiger Zeit hatten die Piraten ihr Ziel erreicht. Jon segelte an der Küste entlang, bis er schließlich in eine sehr kleine Bucht einlenkte. Na ja, eigentlich war es keine Bucht sondern ein kleines Hafenbecken. Es wurde von einer schäbigen und heruntergekommenen Stadt eingefasst. An der Kaimauer, die überall Sprünge und sehr tiefe Löcher hatte, lagen nur zwei Schiffe. Jon hielt auf das eine zu und machte vor ihm fest. Er ging von Bord und in ein kleines Gasthaus, in dem es sehr, sehr stickig war. Dort ging er in einen abgelegenen Raum am Ende des Gasthauses, weil dort ein Mann mit grauem Haar saß. Sein Gesicht war mit Narben übersät und seine Kleidung war zerrissen und schmutzig. Jon setzte sich zu ihm und begann mit ihm zu reden. Nach einiger Zeit gingen einige Kinder an der Tür vorbei und hörten, wie Jon mit dem Mann darüber redete, den spanischen Königshof zu überfallen und auszurauben. Die Kinder gehörten zu einer Schulklasse, die mit einem Segelschiff auf Entdeckungsreise war. Sie gingen zurück auf ihr Schiff und erzählten den anderen Kindern aus ihrer Klasse, was sie eben gehört hatten. Gegen Abend sahen zwei der Kinder, sie hießen Max und Martin, ein Licht in der Hafeneinfahrt. Es war ein *spanischer* Segler. Als das Schiff angelegt hatte gingen Max und Martin auf zwei Männer zu, die gerade von dem Segler kamen, und sagten zu ihnen: „Guten Abend, meine Herren. Haben Sie einen Moment Zeit für uns?" Die beiden Männer sahen sich verdutzt an und entgegneten dann: „Ja, worum geht es denn?" „Es geht um den spanischen Königspalast!" sagte Max. Martin erzählte: „Als wir heute Mittag an einem Gasthaus vorbeigingen, haben wir zufällig mitgehört, wie zwei Piraten darüber geredet haben, den Palast zu überfallen und auszurauben." Martin erzählte den Männern auch noch, an welchem Tag die

Piraten den Überfall geplant hatten. Danach segelten die Spanier wieder ab, um die Verteidigung vorzubereiten.

Drei Wochen später waren die Piraten in Spanien angekommen. Sie wussten, dass der Palast auf einer Insel lag, die etwa 50 Meter vom Festland entfernt war. Er lag auf der Seite, die dem Festland zugewandt war. Also segelten sie zwischen Insel und Festland durch. Sie wollten gerade an den Palastmauern anlegen, da hörten sie einen lauten Knall. Wenige Sekunden später krachten mehrere Kanonen in die Bordwände der beiden Schiffe. Die Piraten waren überrascht und versuchten sich zu wehren, doch vergeblich. Nach fünfzehn Minuten waren beide Schiffe mitsamt Besatzung versenkt, und zwei weitere Piraten inklusive Mannschaften hatten ihre Lebenstage hinter sich.

Henning Böckers

Die Drachenschuppe

Es war einmal ein Mädchen. Dieses Mädchen hieß Rachel und war vierzehn Jahre alt. Sie wohnte in einem kleinen Dorf namens Redstone. Das Dorf Redstone wurde von einem Drachen tyrannisiert. Der Drache hieß Ronan. Ronan hatte vor ungefähr fünfzehn Jahren einen Herzog, dem viele Ländereien gehörten, umgebracht. Seitdem zwang Ronan seine Leute dazu, seine Ländereien zu versorgen. Rachels Vater arbeitete für den Drachen. Rachel sah ihren Vater nicht oft, weil er bis spät abends arbeiten musste. Wenn er dies nicht tat, würde ihn der Drache genauso qualvoll umbringen wie er es bei dem Herzog getan hatte. Eines Tages ging Rachels Vater wieder einmal zur Arbeit. Es war sehr heiß an diesem Tag. Während sie das Korn ernteten, fiel einer der Arbeiter um. Rachels Vater ließ seine Arbeit liegen und rannte sofort zu dem Arbeiter, der ohnmächtig geworden war. Die Gehilfin des Drachen, sie hieß Cat, hielt ihn aber sofort zurück: „Sklave, zurück an die

Arbeit! Das Korn lässt sich nicht von alleine ernten!" „Wir müssen diesem Mann helfen! Wenn er hier noch weiter in der Sonne liegt, ohne Schutz, wird er bestimmt sterben!" sagte Rachels Vater, der Heinrich hieß. „Gut, wenn du es nicht anders willst! Dann werde ich jetzt Ronan holen!" sprach Cat, während sie einen schrillen Ton von sich gab. Ein paar Sekunden später kam Ronan der Drache angeflogen. Ronan schaute finster drein: „Warum rufst du mich, Cat?" „Dieser Sklave widersetzt sich weiter zu arbeiten, bevor der ohnmächtige Sklave nicht versorgt wird!" erklärte Cat ihrem Meister Ronan. „Du willst also nicht arbeiten wegen diesem wertlosen Arbeiter, der du auch so einer bist!" sprach Ronan Heinrich an. „Also erstens sind wir keine Sklaven und zweitens wird es schon langsam mal Zeit, dass wir uns dir nicht mehr unterwerfen!" erwiderte Heinrich, während er dem ohnmächtigen Arbeiter mit einem Tuch die schweißnasse Stirn abwischte. „Entweder du arbeitest jetzt weiter oder dir wird es wie dem Herzog ergehen!" schrie der Drache

Ronan. Heinrich schaute Ronan direkt in die Augen: „Gut, dann sei es so!" Mittlerweile war der Arbeiter, der ohnmächtig war, aufgewacht und hörte dem Streit zu. Ronan nahm Heinrich in eine seiner Pranken und sagte zu Cat: „Pass du auf die anderen auf! Ich kümmere mich um diesen Störenfried!" Cat nickte und Ronan flog mit Heinrich weg. Am Abend warteten Rachel und ihre Mutter vergeblich auf Heinrich. Plötzlich klopfte es an der Tür. Rachels Mutter öffnete sie. Es war der Arbeiter, der ohnmächtig geworden war. Er wollte den beiden erzählen, was mit Heinrich passiert war. Als er zu Ende erzählt hatte, sagte Rachels Mutter, dass Rachel ins Bett gehen soll. Sie hörte wie der Arbeiter und ihre Mutter redeten und ihre Mutter weinte. Rachel war auch traurig, ihr armer Vater, in den Klauen dieses Drachen!

Am nächsten Morgen schlich sich Rachel ganz früh raus. Sie hatte vor, ihren Vater zu befreien. Ronan sollte in einer Höhle eines kleinen Berges wohnen. Rachel hatte sich etwas Brot und Wasser eingepackt und sie hatte einen großen Stock in ihrer Hand. Mit dem Stock wollte sie den Drachen bekämpfen. Sie wusste zwar noch nicht wie, aber es würde ihr schon irgendwann einfallen. Nun stand Rachel vor einer großen Höhle. Angst hatte sie zwar, aber als sie an die vermutlichen Qualen ihres Vaters dachte, ging sie hinein. Nach ein paar Schritten stand auf einmal eine katzenhafte Gestalt vor ihr. „Wer bist du, und wie kannst du es wagen hier einzudringen?" fragte die Gestalt. Doch Rachel konterte mit einer Frage: „Wo ist mein Vater Heinrich?" Cat grinste, packte Rachel und zerrte sie weiter in die Höhle hinein. Da war er, der große beängstigende Drache Ronan. „Was willst du, Cat? Du weißt doch, dass ich zu tun habe!" schrie Ronan Cat an. „Das ist das Balg dieses Sklaven," sagte Cat kleinlaut. „Wo ist mein Vater?" fragte Rachel mutig. Ronan hob seine Pranke etwas an und darunter lag Heinrich, ohnmächtig und mit Schürfwunden übersät. Ronan wandte sich an Rachel: „Na dann werde ich dich halt auch umbringen." Der Drache stand auf. Was sollte Rachel jetzt tun? Sie erinnerte sich an eine Erzählung ihrer Mutter. Es hieß, dass der Drache Ronan nur besiegt werden kann, wenn man ihm die weiße Schuppe vom Leibe reißt. Es war Rachels einzige Chance. „Cat, merkst du nicht, dass Ronan dich nur ausnutzt!? Er behandelt dich genauso wie die Arbeiter! Du musst dich wehren!" Cat sagte nichts. Ronan hingegen noch mehr: „Ruhe!" Doch Rachel redete weiter auf Cat ein. „Du bist eine eigenständige Person! Du kannst dein Leben auch ohne diesen Drachen meistern!" „Ruhe!" schrie der Drache wieder. Ronans Augen wurden feuerrot vor Wut. Er stapfte auf Rachel zu. Rachel hatte Todesangst. Doch auf einmal blieb der Drache entgeistert stehen. Cat kam mit einer weißen Schuppe hinter seinem Rücken hervor. Ronan fing an zu brennen. Bevor er aber ganz verbrannt war, schnappte er Cat und fraß sie mit letzten Kräften. Rachel nahm ihren Vater und zog ihn aus der Höhle heraus. Als die beiden gerade draußen waren, stürzte die Höhle ein. Rachel legte Heinrich hin, um ihm den Knebel aus dem Mund zu nehmen. Ihr Vater wachte langsam auf. Eigentlich wäre Rachel froh gewesen, aber etwas trübte ihre Freude. Es war der Gedanke an Cat, die Gehilfin des Drachen, die sich für sie geopfert hatte.

Lena Reimer

Hilfe, der Hund wird immer länger

Julia kam am 33.13.0003 von der Schule nach Hause und klingelte an der Haustür. Ihre Mutter Meike machte auf. Julia stellte ihren Schulranzen in ihr Zimmer und wusch sich die Hände. Dann setzte sie sich zu ihrer Mutter an den Tisch. Zum Mittagessen gab es Pfannkuchen. Die waren so groß wie die Sonne! Julia nahm sich 3 Pfannkuchen auf ihren Teller. Sie nahm Zimt und Zucker auf die Pfannkuchen. Ihre Mutter machte es genauso. Als sie fast fertig waren, fragte Meike: „Was hast du heute in der Schule gehabt?" Julia antwortete: „In Deutsch haben wir ein Diktat geschrieben, das war leicht!" Meike sagte: „Dann warten wir mal auf die Note. Hast du noch Hunger Julia?" „Nein!" „Dann geh in dein Zimmer und mach deine Hausaufgaben!" Julia holte schnell ihren Hund Kleeo in ihr Zimmer. Sie setzte Kleeo auf ihren Schreibtisch und zeigte ihm den Mathebogen. Kleeo fing gleich an, die

Matheaufgaben blitzschnell mit einer Pfote zu lösen. Währenddessen lag Julia im Bett und machte eine Mittagspause. Nach einer halben Stunde wachte Julia auf. Kleeo sprang plötzlich vom Schreibtisch und lief zur Tür raus! Julia stand auf, ging raus und rief: „Kleeo, wo bist du?" Kleeo war draußen und buddelte nach einem Maulwurf. Plötzlich kam Kleeo nicht mehr weiter. Er buddelte ganz wild, aber er kam nicht weiter. Stattdessen wurde Kleeo immer länger! Julia rief noch mal: „Kleeo, wo bist du?" Kleeo bellte, als wollte er sagen: „Hier bin ich!" Julia lief ein Stückchen und sah, dass Kleeo buddelte. Aber es war komisch, denn Kleeo jaulte so schrill. Julia ging vorsichtig zu Kleeo und sah, dass er immer länger wurde sie lief rein und schrie: „Mutter, Mutter, Kleeo wird immer länger! Er ist schon fast 2 Meter lang." Meike kam sofort. Julia und Meike liefen in den Garten. Als Meike gesehen hatte, was passiert war, sagte sie ernst zu Julia: „Wir müssen Kleeo herausbuddeln." Sie holten sich zwei Esslöffel und versuchten Kleeo zu befreien. Nach 24 Stunden waren sie endlich fertig. Kleeo fing an zu schrumpfen, bis er wieder seine normale Länge von 50 cm erreicht hatte. Sie aßen zum Abendbrot 1.000.000 km lange Nudeln mit Currysahnesauce. Danach gingen sie gemütlich ins Bett. Meike schlief sofort ein. Julia lag noch lange wach und dachte: „Zum Glück haben wir Kleeo gerettet, denn ich hab ihn doch so lieb und brauche ihn doch für meine Mathehausaufgaben."

Angelique Szymkooweak

Spiegelschrift

„Die anderen sind auch nicht besser als wir", verteidigten sich die Zwillinge Rachel und Sarah Meier. Es gehörte bei den 15 jährigen schon zum Alltag, mit der Mutter über die schlechten Noten in der Schule zu diskutieren. „Ihr seid aber nicht die Anderen! Hoffentlich wisst ihr das." Die Mutter klang schon etwas verzweifelt. Dann schickte sie die Kinder auf den Dachboden, damit sie dort aufräumten. So weit kam es dann doch nicht. Sarah und Rachel blieben vor einem großen Spiegel stehen. „Wow!" konnten sie nur sagen, denn was sie sahen, konnten sie nicht glauben. Dort war ein Weg zu sehen, der in ein Tal führte. „Ich hab so etwas mal im Fernsehen gesehen, da konnte man durch den Spiegel gehen", meinte Rachel und fasste ihre Schwester bei der Hand. „Komm, gleichzeitig! 1..2..3..LOS!" KNALL! Als die Mädchen den Spiegel erreichten, ertönte ein Knallen, die beiden fielen mit zwei Beulen am Kopf auf den Boden. „Toll! Super Idee, Rachel!"

beschwerte sich Sarah. „Jetzt lass uns runtergehen. Ich will schlafen, wir schreiben morgen eine Mathearbeit."

Nachts wurden die Mädchen, die sich ein Zimmer teilten, durch ein Geräusch wach. „Was war das?" murmelte Sarah schlaftrunken. „Ich hab keine Ahnung, aber es kam vom Dachboden, lass uns mal nachsehen!" sagte Rachel leise. Die Zwillinge schlichen wie Indianer die Treppe zum Dachboden hinauf. Als sich ihre Augen nach und nach an das Dämmerlicht gewöhnt hatten, fiel ihnen sofort auf, dass der Spiegel verschwunden war. Nein, er war nicht verschwunden, er stand auf der anderen Seite des Bodens. „Komm, lass uns mal nachsehen!" schlug Rachel vor, die auch die mutigere war. Rachel ging vor, aber Sarah wollte auch nicht alleine bleiben, deswegen kam sie doch mit. Als sie wieder das Tal im Spiegel sahen, bekam sogar Rachel Angst und schnappte sich den erstbesten Gegenstand, ein Buch. Sie schmiss das Buch auf den Spiegel. Wo das Buch eigentlich gegen das Glas hätte prallen sollen, lag es im Spiegel. Es lag auf dem Weg ins Tal. Den Zwillingen stockte der Atem. Aber sie überlegten nicht lange. Sie nahmen Anlauf und sprangen durch den Spiegel in das Tal. „Stark!" sagten sie gleichzeitig und rannten um das Buch den Weg entlang. Sie blieben abrupt stehen. Ein Mädchen mit langen blonden Haaren und wunderschönen blauen Augen saß auf einem Stein. Sie entdeckten, dass ein Drache sich von hinten an das Mädchen heranschlich. Sarah und Rachel wollten dem Mädchen zurufen, um es vor dem roten Ungetüm zu warnen. Als der Drache nur noch Zentimeter von ihr entfernt war, drehte sie sich zu dem Drachen um und lächelte: „Ich habe dich gehört, Thore! Wenn du mich erschrecken willst, lass dir was Besseres einfallen!" Jetzt rief sie Rachels und Sarahs Namen. Woher um alles in der Welt wusste das seltsame Mädchen wie sie heißen? Sie gingen vorsichtig auf das Mädchen zu. „Erschreckt euch nicht, der Drache ist harmlos, er heißt Thore und ist ein Feuerdrache. Und ich heiße Myrddin. Ich hab euch eben gesehen, als ihr aus dem Spiegel gekommen seid." „Hallo Myrddin, schön dich zu sehen! Aber wie kommen wir wieder nach Hause?" Myrddin ließ sich Zeit mit der Antwort. „Also, es hat hier einmal einen Drachen Namens Roberto gegeben, den gefährlichsten überhaupt. Er hat den Spiegel dort bauen lassen, um die Menschenwelt in Angst und Schrecken zu versetzen. Er starb, als der Spiegel fertig war und der Spiegel änderte seine Wirkung. Man kann jetzt nur noch in unsere Welt rein, aber nur Zauberwesen können durch den Spiegel wieder heraus. Es heißt, die Tränen von den Nachfahren Robertos lassen den Spiegel, das Tor zu eurer Welt, öffnen." Nachdem sie noch die Einzelheiten besprochen hatten, setzten alle sich auf Thores Rücken und sie flogen über das Land um nach dunklen Drachen Ausschau zu halten, doch erfolglos. Sie flogen wieder in das Tal und wollten ausprobieren, ob man den Spiegel auch irgendwie anders öffnen konnte. Auf dem Weg dorthin wurde Thore langweilig. Er ging nicht mehr den Weg entlang, sondern hüpfte. Plötzlich ein

Schrei! Der Drache war auf einen spitzen Stein getreten und heulte auf, dass die Tränen nur so spritzten. Riesengroße Drachentränen. Sie waren überall. Sarah ärgerte sich, sie hätte einen Regenschirm mitnehmen sollen. Die Tränen landeten sogar auf dem Spiegel. Der Spiegel glühte und klappte auf. Da war der Dachboden. Sarah und Rachel tanzten vor Freude. Myrddin verabschiedete sich und wünschte ihnen viel Glück. Sie zupfte sich zwei Haare, aber anstatt der Haare hatte sie nun zwei Silberketten in der Hand. Sie schenkte sie den Zwillingen und erklärte: „Ich will euch wieder sehen, deswegen schenke ich euch die Ketten. Ihr braucht sie nur zu berühren und meinen Namen sagen, dann komme ich zu euch." Sie umarmte die beiden zum Abschied, und Thore fing wieder an zu heulen, weil er die Mädchen jetzt schon vermisste. Die Schwestern drehten sich um und gingen durch den Spiegel zurück nach Hause.

Marie-Christine Kraft

Die Erdanziehung

Ein amerikanischer Mann namens Chris fuhr im Bus zu einem Einkaufscenter. Plötzlich hatte er das Gefühl, dass er schwebte. Er war erst ein bisschen verwirrt und dachte er würde träumen. Aber er bemerkte, dass er nicht träumte, sondern dass es Wirklichkeit war. Chris rief sofort seine Kollegen bei der Nasa an, denn er arbeitet dort. Diese fragten ihn, ob er schnell vorbeikommen könnte, denn sie mussten rasch etwas unternehmen. Als er dort ankam, diskutierten die anderen schon über einen Ausweg.

Auf einmal kam ein Signal aus dem All. Alle erschraken, denn sie dachten es gäbe, wie sie es ihren Kindern immer erzählten, keine Außerirdischen! Einer der Mitarbeiter meinte: „Das muss ein Funkfehler sein!" Aber die anderen sprachen: „Es könnte ja sein, dass es eine Funkfrequenz von einer Raumfähre ist." Dazu sagte ein anderer wiederum, es könnten wirklich Außerirdische sein. Darauf waren alle sehr entsetzt und dachten wieder daran, dass es gar keine Außerirdischen geben kann. Aber es war tatsächlich wahr, es waren Außerirdische! Kurz darauf begannen sie zu funken. Alle zitterten und staunten, denn es war wirklich möglich, mit den Außerirdischen zu kommunizieren. Sie funkten zurück: „Wir sind mit unserem Raumschiff auf Erkundungstour durch das Weltall auf euren Planten Erde gestoßen und finden es komisch, dass bei euch alles fliegt."

Darauf brüllte Chris: „Wieso findet ihr es lustig, dass bei uns alles schwebt? Ihr müsst nämlich wissen, dass bei uns normalerweise nichts schwebt. Kann es eigentlich sein, dass ihr mit eurem Raumschiff dahinter steckt?" Darauf sprachen die Außerirdischen: „Es könnte sein, dass unser Raumschiff eine zu starke magnetische Anziehungskraft hat. Aber ihr könnt die Erdanziehungskraft wieder herstellen, dazu müsst ihr eine Raumfahrtrakete ins All schießen, die einen sehr starken Magneten an Bord hat."

Einen Tag darauf beschlossen Chris und die

anderen, mit der Raumfähre los zu fliegen. Beim Flug dachten die Astronauten und Chris nach, ob es überhaupt funktionieren würde. Sie waren alle sehr angespannt und nervös. Zwei Tage danach war Chris an der vorgegebenen Stelle angekommen. Sie starteten das Kommando, den Magneten auszurichten. Fünf Minuten darauf kam ein Funksignal von der Basis: „Super, ihr habt es geschafft! Wir haben wieder Boden unter den Füßen!"

Tim Tröster

Das Liebesland

Hallo, ich bin Lara, ich arbeite als Gärtnerin in einem Blumenladen außerhalb der Stadt. Meine Arbeit ist nicht sehr spannend, denn normalerweise arbeite ich alleine. Ich wohne auch allein, gehe allein spazieren, und sowieso mache ich alles lieber alleine. Und manchmal fühle ich mich auch so. Keiner ist da für mich, keiner mag mich. Einfach nur traurig. In diesen Augenblicken fällt mir dann immer ein, dass meine Schwester ja gar nicht so weit weg wohnt, nämlich in Lübeck. Also beschloss ich, mir ein Ticket am Bahnhofsschalter zu kaufen und loszufahren. Nun sitze ich hier und freue mich, gleich meine Schwester in den Arm zu nehmen. Mein Herz pocht auch schon ganz schnell, weil ich so aufgeregt bin. „Oh, ich bin ja schon da!" Ich muss noch schnell meinen Koffer holen und dann flitze ich los. Lübecker Straße 6b, da muss ich hin. Nur kurz durch die Stadt, und dann bin ich da. „Was ist das denn? Das sieht aber süß aus mit den roten

Herzen darauf! Das sieht irgendwie aus wie eine Tür, nee quatsch, das ist ein Tor!" Das ist ja klitzeklein, durchpassen würde da wahrscheinlich nur eine Maus. Ich kann's aber mal wieder nicht lassen, ich muss einfach versuchen, da durchzukommen. Upps! wie ist denn das passiert? Irgendwie ist mein Herz ganz warm, wie bin ich denn durch das Tor gekommen? Diese Blumen! So was hab ich ja noch nie gesehen! Nur gelbe und rote und die Blumenblätter, die sehen auch merkwürdig aus. Mensch! Das sind ja Herzen! Und auf den Bäumen da wachsen auch Herzen! Und die Häuser erst! Da stehen ganz viele Liebessprüche drauf. Ich komme mir vor, als wäre ich in einer anderen Welt! Im Liebe-Land! Mal schauen, was ich hier noch so finden kann. Mir ist aufgefallen, dass hier gar keine Autos fahren. Also muss ich wohl zu Fuß gehen. Was sind denn das für Gestalten? Die fliegen ja! Sehen aber aus wie Menschen. Die kommen auch noch immer dichter, was wollen die denn bloß von mir? Ich nehme jetzt meinen ganzen Mut zusammen und spreche sie einfach an. „Hey ihr zwei, wer seid denn ihr?" „Wir sind zwei Elfen und heißen Lora und Mix, hab keine Angst, denn wir tun keiner Fliege was zuleide und natürlich auch keinem Menschen." Puh, das ist ja noch mal gut gegangen. „Ich bin Lara und würde gerne wissen, wo ich hier grad bin." „Wir sind hier im Liebe-Land!" und der Mix nickte ganz heftig. Na, da lag ich mit meiner Vermutung ja gar nicht so falsch. „Hättest du Lust in die „Liebe" zu gehen?" „Die „Liebe"? Was ist denn das? Ich wusste gar nicht, dass man da reingehen kann!" Die sind aber komisch, aber was man nicht kennt, das kann man ja noch kennen lernen. „Ja, wieso denn nicht!" Nach einer Weile Fußmarsch betreten wir das kleine Gebäude. Ganz viele Leute sind da und überall gibt es verliebte Menschen. Musik erschallt aus den Lautsprechern. „Ach jetzt weiß ich, was das ist!" Eine Disco, nur ein bisschen kleiner und halt mit Elfen und Menschen drin. Ich setz mich mal auf einen Stuhl, denn tanzen will ich jetzt gar nicht. Was zu trinken wäre jetzt gar nicht schlecht. Ich frage Lora, ob sie mir nicht etwas zu trinken bringen kann. Lora kommt wieder mit einem Glas roter Liebeslimonade. „Mmh, lecker!" Schmeckt wie frisch gepflückte Erdbeeren! Das find ich ja komisch, dieser Typ setzt sich ja genau neben mich! „Möchtest du mit mir die Telefonnummer tauschen?" Oh schreck, ich kenn den ja gar nicht! Nee, das geht mir zu schnell. „Woll'n wir nicht erst mal ein bisschen reden, mich interessiert nämlich erst mal, wie du überhaupt heißt." „Ich bin der Nico und wie heißt du?" „Lara, ich bin die Lara." „Hast du Lust zu tanzen?" „Ja, gerne!" „Wo kommst du eigentlich her? Ich hab dich hier noch nie gesehen." „Ich wollte meine Schwester in Lübeck besuchen. Auf dem Weg dorthin sah ich ein kleines Tor in einer Wand. Als ich es mir genauer ansah, war ich plötzlich hier. Und du, wohnst du hier?" „Ich komme aus der gleichen Stadt wie deine Schwester und bin genauso ins Liebe-Land gekommen wie du." „Wie kommen wir hier bloß wieder raus? Hast du eine Idee?" „Die Elfen haben mir erzählt, dass man sich verlieben muss. Dann muss man ein kleines Tor suchen, wo ein Haus drauf ist. Du musst wissen, ich find dich voll süß und hab mich in dich verliebt." Dann drückte Nico mir einen Kuss auf die Wange. „Komisch, ich hab mich auch in dich verliebt. Ich weiß gar nicht, wie das so schnell passieren konnte. Hast du eine Ahnung?" „Lass uns doch Lora suchen, die kann uns bestimmt helfen." Auf dem Weg nach draußen kam sie uns schon entgegen. „Wo wollt ihr denn hin?" „Wir wollten dich gerade suchen, weil wir wissen wollen, was mit uns passiert ist." „Ihr habt Liebeslimonade getrunken. Durch diese Zauberlimo habt ihr euch verliebt und werdet auch euer ganzes Leben verliebt sein." Jetzt verstehe ich das alles, und so alleine wie vorher fühle ich mich auch nicht mehr. „Danke für deine Hilfe, Lora." Doch da war Lora auch schon wieder verschwunden. „Nico, hast du Lust, ein bisschen spazieren zu gehen?" „Ja, gerne!" Hand in Hand verlassen wir die „Liebe". Nach einer Weile fragt mich Nico: „Lara, siehst du das auch?" „Was?" Na da, in dem Baum. Das kleine Tor mit dem Haus drauf." „Ach, das meinst du. Ist das nicht das Tor, von dem du mir erzählt hast?" „Ja, stimmt!" „Los komm, ab durch das Tor und zurück nach Lübeck." Das ging ja einfacher als ich dachte. „Ich wohne gleich da drüben. Lara, hast du noch Lust mit zu mir zu kommen?" „Ich muss doch erst mal meine Schwester besuchen, deswegen bin ich doch nach Lübeck gekommen." „Das heißt also, dir ist deine Schwester wichtiger als ich und du liebst mich nicht mehr." Mit diesem Satz verschwindet Nico in den Hauseingang. Nico versteht auch gar nichts. Sauer geh ich in Richtung Lübecker Straße. Dort angekommen erzähle ich meiner Schwester erst mal die ganze Geschichte. Während ich so erzähle, merke ich, dass mir Nico echt fehlt und der Streit ganz schön blöd war. Ich verabschiede mich von meiner Schwester und mach mich auf den Weg zu Nico. Hoffentlich ist er zu Hause. Mit Herzklopfen stehe ich vor seiner Tür. Nico öffnet mir. „Hallo, kann ich kurz reinkommen?" „Ja, ich hab aber nicht lange Zeit." „Ist nicht schlimm. Ich habe gemerkt, wie blöd ich zu dir war. Kannst du mir verzeihen? Ich lieb dich nämlich immer noch ganz doll und möchte dich nicht verlieren." „Bin ich froh, dass du gekommen bist. Ich liebe dich auch. Lara, willst du meine Frau werden?" „Ja, natürlich!" Drei Monate später haben wir geheiratet und leben glücklich in einem Haus.

Jessica Lau

Lauf gegen die Zeit

Almona sprang aus ihrem Bett. Manometer, fast hätte sie verschlafen. Jetzt musste sie sich aber ganz schön beeilen. Denn der König wartete auf sie. Auf sie und auf Ramolon, einen Jungen aus dem Nachbardorf. Zusammen mit ihm sollte sie die große Zauberin Mondra suchen. Sie war die einzige, die ihnen jetzt noch helfen konnte, Capricron zu besiegen. Wenn Almona daran dachte, was passiert war, wurde ihr ganz übel.

Vor einigen Jahren hatte es begonnen. Da fing die Schlucht, die zwischen dem guten Land „Land der fünf Dörfer" und dem bösen Land „Capricron" lag, an sich wie von Geisterhand mit riesigen Steinen zu füllen. Mit Steinen, die so groß waren wie ein Haus. Zwischen den Steinen blieben nur noch ganz kleine Lücken, durch die nur ein Kind durchgepasst hätte. Und nach drei Jahren war es soweit. Von der Schlucht hat man nun gar nichts mehr gesehen. Da waren bloß ein paar kleine Steinhügel, sonst nichts. Und dann kamen sie.

Das Volk von Capricron. Sie brannten drei Bauernhöfe nieder, die außerhalb der fünf guten Dörfer lagen. Sie trampelten alles nieder, was ihnen im Weg war und breiteten sich in dem Land aus, das um die fünf Dörfer lag. Die Bewohner sind Verwandte der Elfen, sie lebten von nun an in Angst und Schrecken in ihren Häusern. Und das Grauen hörte nicht auf.

Schnell streifte sich Almona ihr blaues Leinengewand über und hängte sich ihren schönen Bogen um. Ihr war ein bisschen mulmig zu Mute, als sie zur Burg des Königs ritt, die in der Mitte der fünf Dörfer lag. Doch während sie ritt, verflog das komische Gefühl. Ihre langen rotbraunen Haare wehten im Wind, und auf ihre Lippen legte sich ein Lächeln. Ramolon wartete schon, als sie in die Burg ritt. „Beeile dich. Der König wartet schon!" rief er ihr zu. Zusammen liefen sie in den Saal, wo der König schon wartete. Almona mochte Ramolon sehr gerne, aber das würde sie nie zugeben. Na ja, er sah ja auch ziemlich gut aus mit seinen langen braunen Haaren und seinen dünnen braunen Augenbrauen. Vom König bekamen die beiden dann noch das Nötigste. Jeder einen Rucksack voll mit Essen, Trinken und Klamotten. Eine Karte von der Schlucht und Bögen aus dem ganzen Königreich. „Nehmt dies!" sagte der König. „Und helft unserem Land. Bis zur Schlucht können wir euch beschützen. Dann müsst ihr euch selbst schützen. Zieht in Frieden, ihr habt den Segen!" Mit diesen Worten verließ er den Saal.

Die Pferde wurden gerüstet und bepackt. Eine traurige Stimmung hing in der Luft. Eine Truppe von dreißig Mann zog los. Alle waren schwer bewaffnet. In der Mitte von ihnen ritten Ramolon und Almona, gut geschützt vor Angriffen des Gegners. Gleich als sie aus den schützenden Mauern rausgeritten waren, sahen sie die schwarzen Zelte, die überall auf dem Land verteilt waren. Da ertönte ein Horn, und von allen Seiten kamen schwer bewaffnete Männer. Die Kämpfer für das Gute gaben ihren Pferden die Sporen und preschten los, genau durch die Wand der bösen Gegner hindurch. Viele wurden niedergetrampelt von den Pferdehufen. Die anderen aber versuchten, mit Pfeilen die Soldaten von den Pferden zu schießen, was leider auch klappte. Als sie außer Reichweite der Bösen waren, war ihre Zahl auf zwanzig Reiter geschrumpft, aber Almona und Ramolon war nichts passiert. Nun hatten sie noch einen halben Tagesmarsch vor sich. Aber sie durften keine Pause machen, bis sie sich sicher waren, dass ihnen niemand folgte. Am Abend kamen sie schließlich total kaputt bei der Schlucht an. Als Ramolon Almona vom Pferd hob, sah er, dass sie am Arm blutete. Nicht doll, aber trotzdem zog er aus dem Rucksack ein Stück Stoff und umwickelte vorsichtig ihren Arm damit. „Danke!" sagte Almona. „Danke? Wofür? Hab ich doch gern gemacht!" Lächelnd packte er seinen Rucksack wieder ein und nahm die Karte. „Schau mal, die Wohnung der Zauberin muss direkt unter uns sein."

„Wollen wir sofort los?" Almona nickte nur, schnappte sich ihren Rucksack und ihr Schwert und ging zu den Steinhügeln. Ramolon bedankte sich noch schnell für das Herbringen bei den Soldaten und lief hinter ihr her. Über ihr Gesicht kullerte eine Träne. Als Ramolon das sah, nahm er sie in den Arm. „Komm kleine Almona!" sagte er und nahm sie bei der Hand. Zusammen kletterten sie in den Hügel. Dort war es stockduster. Almona drückte zitternd Ramolons Hand noch fester. Schnell kramte Ramolon eine Fackel hervor und zündete sie an. Vorsichtig tasteten sie sich weiter in den Steinhaufen rein. Im Hügel wurde es immer dunkler und schließlich so dunkel, dass sie noch eine Fackel anzünden mussten. Plötzlich kam von vorn etwas tief Schwarzes auf sie zu. Almona duckte sich und kauerte sich auf die Erde. „Kannst wieder hochkommen", lachte Ramolon. „Es waren nur Fledermäuse." Da musste auch Almona lachen. Sie fragte Ramolon: „Wollen wir nicht eine Pause machen? Ich kann nicht mehr!" So machten sie es sich gemütlich und aßen und tranken etwas, bis Almona neben Ramolon einschlief. „Almona, wach auf, wir müssen weiter. Ich weiß zwar nicht, wie spät es ist, aber du hast sehr lange geschlafen." Almona rappelte sich auf und rieb sich den Schlaf aus den Augen. „Okay, komm!"

Unterwegs aßen sie jeder noch einen Apfel, um den Hunger zu stillen. Doch was war das? Plötzlich tauchte vor ihnen eine Tür auf. Aber die Tür war nur halb so groß, wie sie selbst. „Almona, da steht was drauf. Du hattest doch die alte Sprache in der Schule. Versuch sie doch mal zu entziffern." Almona trat an die Tür heran und begann zu lesen. „Gesteht euch etwas, das ihr euch nicht sagen wolltet. Ihr werdet nicht enttäuscht!" „Was soll das denn bedeuten?" Ramolon sah Almona fragend an. „Wir müssen uns etwas gestehen, was wir uns sonst verheimlicht hätten. Los Ramolon, denk nach, wir müssen da durch, das ist die einzige Möglichkeit." „Ich wüsste da schon etwas", sagte Ramolon. „Ich habe mich nämlich in dich verliebt." Ramolon schaute auf die Erde. Almona ging auf ihn zu. „Wirklich? Ich habe mich nämlich auch in dich verliebt." Sie fielen sich in die Arme und dann drückte Ramolon Almona einen kleinen Kuss auf die Lippen. Als sie sich wieder voneinander lösten, merkten sie, dass die Tür sich vergrößert hatte und jetzt auch offen stand. Von innen kam helles Licht und eine schöne Musik. Sie nahmen sich bei der Hand und gingen durch die Tür und da stand sie. Die Zauberin Mondra. „Ich habe euch bereits erwartet und kenne euer Anliegen. Zeigt mir die Stärke eures Volkes und ich werde entscheiden, ob ich euch helfe. Hier meine Aufgabe: Holt mir den Kristall, der dort hinten auf dem Steinsockel steht." Mondra setze sich auf ein großes Samtkissen und schaute zu. „Was hat sie vor?" fragte Almona ängstlich. „Ich weiß es nicht, doch wir müssen jetzt zusammenhalten." Und dann passierte es. Drei von Capricrons Schwertkämpfern kamen auf sie zu. Zwei von ihnen fielen sofort Almonas Pfeilen zum Opfer. Sie war die beste Bogenschützin, die Ramolon je gekannt hat. Der Dritte hatte nicht aufgegeben. Brüllend kam er auf sie zu. Und mit vereinten Kräften schafften die beiden es, auch den Dritten aus dem Weg zu räumen. Jetzt galt es für Almona und Ramolon den Kristall zu holen. Sie rannten los. Auf dem Rückweg kam ihnen nur eine Wolke Fledermäuse entgegen, sonst passierte nichts. Almona erschrak auch nicht mehr beim Anblick der Fledermäuse. Ohne weitere Komplikationen konnten sie Mondra den Kristall bringen. Die nahm den Kristall entgegen und verschwand kurz in einen anderen Raum. „Ihr könnt jetzt gehen. Wenn ihr durch die Tür nach draußen geht, steht ihr schon auf eurer Seite der Schlucht. Aber nehmt euch in Acht, auf der anderen Seite steht die Armee von Capricron." Mit einem Schnipsen verschwand sie. Ramolon sagte zu Almona: „Wenn wir aus der Tür rausgehen, musst du dich sofort auf den Boden legen und dir den Schild auf den Rücken halten. So können wir uns vor den Pfeilen schützen." Sie liefen zur Tür und schmissen sich sofort auf die Erde, als sie aus der Tür traten. Sie hörten Gebrüll hinter sich. Vorsichtig guckte Almona sich um und freute sich. Sie sah, dass alle Pfeile in der Schlucht landeten. Sie sprang auf und jubelte. Die Schlucht war wieder da. Endlich konnten sie auf ihrer Seite in Frieden leben. Sie ritten zurück und wurden mit einem Fest empfangen.

Marie-Charlott Schwarz

Rettet das Elfenland

Frank wachte auf. War da nicht ein Geräusch? Er tastete nach dem Schalter seiner Nachttischlampe. Das grelle Licht blendete ihn. Verdammt, dachte er, wo habe ich meine Brille hingelegt? Als er sie gefunden hatte stand er auf und ging zu seinem Schreibtisch. Da war es schon wieder. Ein gleichmäßiges Pochen. Es kam vom Fenster auf der gegenüberliegenden Seite von Frank. Frank ging zum Fenster und öffnete es. „Hallo!" sagte jemand. Frank sah sich um. Aber er sah nichts außer Dunkelheit. „Hier unten, auf dem Fenstersims!" sagte die Stimme. Jetzt entdeckte Frank den Fremden. Es war ein kleiner Mann. Er war ungefähr fünfzehn Zentimeter klein, hatte schwarzes Haar und einen Bogen auf dem Rücken. Außerdem hatte er noch einen Dolch an seinem braunen Ledergürtel befestigt. „Wie ist dein Name, Menschenkind?" fragte der fremde Mann. „Frank. Frank Bergmann!" antwortete Frank. „Und wer bist du? Und was machst du hier? Und was willst du hier?" fragte Frank noch schnell hinterher. Der kleine Mann schien nicht damit gerechnet zu haben und guckte etwas verdutzt. Aber er fasste sich schnell wieder, antwortete nicht, sondern sprang in das Zimmer und lief zum Bett. Er kletterte an dem Bettpfosten hinauf und setzte sich auf ein Kissen. „Du musst mal wieder aufräumen!" sagte der Mann. „Du hast meine Frage noch nicht beantwortet." „Ach ja! Das habe ich ganz vergessen. Ich bin Sven und ich bin ein Elf." Es war kurz still. Dann sagte Frank etwas verdutzt: „Was? Elfen gibt es doch gar nicht!" „Und was bin ich dann?" fragte Sven. Darauf fiel Frank keine Antwort ein, und er setzte sich auf den Stuhl, der in der Nähe seines Bettes stand. „Und warum bist du hier?" Der Elf versuchte ein ernstes Gesicht zu machen, doch das gelang ihm nicht so gut, weil seine Ohren ihn wie einen Clown aussehen ließen. Frank konnte sich das Lachen nur mit großer Mühe verkneifen. Der Elf fing an zu erzählen:

„Das Land, in dem ich lebe, ist reich und es gibt

dort alle Rohstoffe im Überfluss. Und genau das ist der Grund, warum die Trolle, die im Nachbarland leben, das Land der Elfen besitzen wollen. Als erstes wollten die Trolle mit den Elfen verhandeln. Doch die Elfen lehnten den Vertrag ab. Dann drohten die Trolle, in den Krieg zu ziehen und das ganze Elfenland zu zerstören. Nach dieser Drohung versuchten die Elfen mit den Trollen zu verhandeln. Da die Trolle aber lieber Gewalt anwenden, anstatt Papierkram zu erledigen, lehnten sie den Vertrag ab und rüsteten ihre Streitmacht auf. Die Elfen überlegten lange, wie sie ihr Land beschützen könnten. Zum Kämpfen waren die Elfen zu klein. Auch ihre Stadtmauer würde den Trollen nichts ausmachen. Als der Ältestenrat keine Lösung fand, schickte man Spione in das Land der Trolle. Ein Spion fand heraus, dass am Abend, bevor die Trolle in den Krieg ziehen, ein großes Fest stattfindet. Außerdem fand er heraus, dass alle Trolle auch am Tag danach in der Halle sind, um sich vor den Sonnenstrahlen zu retten, damit sie nicht versteinern. Als der König dies hörte, schickte er seine besten Männer los, die die Halle auskundschaften sollten. Doch weit kamen sie nicht, denn die Holztür zu der Halle war zu schwer für die Elfen. Allerdings gelang es ihnen, die Baupläne für die Halle zu bekommen. Als sie wieder zurück im Elfenland waren, verlangte der König seinen besten Architekten. Der fand heraus, dass man eine Person braucht, die so stark ist wie ein Mensch, damit man die Tür öffnen kann. Außerdem fand er heraus, dass man an die vier Hauptsäulen je zwei „Big Bang Früchte" legen muss, damit die Säulen brechen und das Dach zusammenfällt. Danach werden die Sonnenstrahlen die Trolle versteinern. Der König und der Ältestenrat entschieden sich für diese Idee und ließen von ihren Spionen ein paar Kinder beobachten. Letztendlich entschied man sich für Frank, denn Frank ist stark genug die Tür zu öffnen und er ist klein genug, um nicht gleich von den Trollen gesehen zu werden. Als dies feststand, schickte man mich los, um dich zu

holen. Und jetzt bitte ich dich mitzukommen!"
beendete Sven die Geschichte.

„Aber was ist mit meiner Oma, die wird sich doch
Sorgen machen. Außerdem hat sie sich schon auf
den Urlaub gefreut, den wir zusammen machen
wollten!" sagte Frank. „Das ist kein Problem, deine
Oma wird gar nicht merken, dass du weg bist",
beruhigte Sven Frank. „Na gut, ich werde
mitkommen!" sagte Frank und zog sich eine Jeans
und ein rotes T-Shirt an. Danach gingen sie in den
Wald, der hinter Franks Zimmer lag. Im Wald war
ein großer Felsen, auf dem Frank schon öfters
gespielt hatte. Hinter dem Felsen war noch ein
kleiner Stein, auf den Sven seinen Daumen
presste. Danach ging eine Tür im Felsen auf.
Frank ging in den Felsen. Eigentlich sollte es doch
dunkel sein, dachte Frank. Doch von den Wänden
kam ein heller Schein. Er reichte um gerade etwas
zu sehen. Sie gingen den Weg ein Stückchen,
dann kam eine Wendeltreppe, die sie ebenfalls
heruntergingen. Am Ende der Treppe war eine
Tür. Als Sven und Frank näher kamen, öffnete die

Tür sich und sie gelangten in einen großen Saal. In dem Saal waren noch mehr Elfen. In der Mitte des Saales waren zwei Stühle. Gegenüber von den Stühlen war ein Thron, auf dem der König thronte. „Ah, die Abenteurer. Setzt euch!" sagte er. Frank musste gebückt gehen, damit er nicht mit dem Kopf an die Decke stieß. Er ging zur Mitte, stellte den zu kleinen Stuhl beiseite und setzte sich auf den Boden. „Soso!" sagte der König. „Du willst uns also helfen?" „Ja, das will ich!" antwortete Frank. „Und wie heißt du?" fragte der König. „Ich heiße Frank und wie heißen Sie?" „Oh, ich bin der Elfenkönig Rambazamba. Und jetzt lasst uns feiern. Deinen Auftrag bekommst du morgen früh genauer erklärt." Während der Feier wurde getanzt und gegessen. So ein Festmahl hatte Frank noch nie gesehen. Er probierte alles und tanzte noch ein bisschen. Nach dem Fest legte er sich auf einen Haufen Stroh, der als Bett dienen sollte und schlief ein.

Am nächsten Morgen wurde er von Sven geweckt.

Er führte Frank zu einem für Elfen sehr hohen Gebäude. „Dort drinnen sind Zotteltiere, mit denen werden wir bis zum Trollland reiten!" sagte Sven. Als sie die Tiere gesattelt hatten, ritten sie Richtung Trolle. Nach längerer Zeit kamen sie an einen großen Fluss, wo sie absteigen mussten. „Warum müssen wir absteigen?" fragte Frank. „Erstens, weil Zotteltiere nicht schwimmen können und zweitens, weil dieser Fluss die Elfen von den Trollen trennt!" sagte Sven. Er gab Frank eine Art Weste. „Hier zieh diese Weste an. Sie wird dir helfen schneller über den Fluss zu kommen." Frank zog die Weste an und beide schwammen über den Fluss. Auf der anderen Seite zogen Sven und Frank ihre Westen wieder aus und gingen zu Fuß weiter. „Wenn du eine Tanne siehst, die Äpfel trägt, dann sag mir Bescheid!" sagte Sven, der auf der Schulter von Frank hockte. „Meinst du so einen Baum wie dort hinten?" fragte Frank und zeigte mit seinem Finger auf einen Baum, der in der Mitte einer Lichtung stand. „Ja genau, das ist ein Boom-Baum!" freute sich Sven. „Jetzt müssen wir nur noch acht Big Bang Früchte einsammeln. Pass aber auf, dass du nicht den Stiel rausziehst, sonst ist es zu Ende mit dem Auftrag." Als die beiden acht Früchte zusammen hatten und sie sicher verstaut hatten, gingen sie weiter ins Landesinnere. „Wir müssen uns beeilen, denn wir müssen noch vor Sonnenuntergang ankommen!" sagte Sven. Am späten Nachmittag kamen die Zwei am Hauptlager der Trolle an. Sie gingen zum Dorfplatz, wo eine große Halle stand. „Laut dem Plan muss dies die Halle sein", sagte Sven mit aufgeregter Stimme. „Gut, dann müssen wir wohl dort rein", stellte Sven fest und ging geradewegs auf die große Holztür zu. Frank folgte ihm und öffnete die Tür. Ein warmer Luftzug und ein Schnarchen von Hunderten von Trollen kamen ihnen entgegen. Leise gingen Frank und Sven in die Halle. Überall lagen Trolle auf dem Boden. Ein paar lagen sogar auf den Tischen. Die vier Hauptsäulen ragten vor Frank in die Höhe. Sie endeten an dem Kuppeldach der Halle. Frank zweifelte daran, dass zwei von diesen Big Bang Früchten eine so große Säule sprengen sollten. „Hilfst du mir oder willst du hier Wurzeln schlagen?" fragte Sven, der schon dabei war zur ersten Säule zu gehen, um die Früchte hinzulegen. Frank nahm auch zwei Früchte und ging zu der Säule, die ihm am nächsten war.

„Wenn du die Frucht hingelegt hast, dann zieh den Stiel raus, dann hast du noch eine Minute Zeit die anderen Früchte hinzulegen und nach draußen zu laufen", erklärte Sven. Nachdem Frank die ersten beiden Sprengsätze gelegt hatte, lief er zur nächsten Säule und legte dort ebenfalls zwei Big Bang Früchte hin. Danach lief er aus der Halle. Er suchte Sven. Doch Sven war nirgendwo zu sehen. Wann kommt der denn endlich, dachte Frank. Die Früchte gehen doch gleich hoch. Er wollte gerade wieder ins Gebäude gehen, als Sven aus der Halle stürmte. „Lauf!" schrie er, als er an Frank vorbeisauste. Frank sprintete, ohne zu überlegen, hinter Sven her. Er schaffte es gerade noch rechtzeitig, sich hinter einen Felsen zu retten, als mit einen großen BOOM die Früchte explodierten. Für ein paar Sekunden geschah gar nichts, doch dann fiel das ganze Dach der Halle mit einem lauten Krachen zusammen. Die Trolle, die von der Explosion wach geworden waren, versuchten wegzulaufen, doch die Strahlen der blutroten Abendsonne ließen sie versteinern. Als der Staub niedergegangen war, trauten sich Sven und Frank aus ihrem Versteck. Dort wo eben noch die Halle stand, waren jetzt nur noch Trümmerstücke und Steinstatuen. Als die beiden wieder im Elfenland angekommen waren, wurden sie groß gefeiert. Es wurde mehr getanzt und es gab noch mehr Essen, als beim ersten Fest. Frank durfte den neuen Schlosspark einweihen, in dem nur Figuren von Trollen standen. Sven wurde zum Ritter geschlagen. Danach gingen alle schlafen.

„Frank wach auf!" rief eine Stimme. „Wir wollen doch in den Urlaub fahren." Frank wachte auf. Was für eine Nacht, dachte er.

Lorenz Bußmann

Der magische Drache

Im Jahre 1860 lebte ein 13 jähriges Mädchen mit ihren Eltern auf einem Bauernhof. Das Mädchen hieß Lilli. Sie war mittelgroß, hatte große braune Augen und ihr Haar war wellig bis lockig. Sie trug ein orange-gelbes Dirndl. Ihre Haare hatte sie immer offen. Sie spielte gerne auf dem Heuboden, war sehr neugierig und abenteuerlustig. Eines Morgens ging Lilli in den verbotenen Wald, sie ging ein bisschen und kam an eine Lichtung. Sie schreckte zurück. Auf der Lichtung standen zwei Drachen. Der eine Drache hatte blaue Augen und blaue Schuppen. Der zweite hatte schwarze Augen und rote Schuppen. Die zwei hatten ihren heimlichen Besucher entdeckt. Der mit den roten Schuppen sagte: „Du brauchst keine Angst zu haben, wir sind gute und nette Drachen." Noch zögernd ging Lilli zu den beiden Drachen. Der blaue Drache sagte: „Ich heiße Draco und das ist Cassandra." Die drei unterhielten sich. Lilli erfuhr, dass Draco gerne Feuer spuckte und sich an

Bäumen juckte. Cassandra verwandelte sich gern und regte sich oft über Draco auf. Cassandra sagte: „Ach, dir kann man es ja erzählen, aber nicht weitersagen! Ich kann mich in eine Katze auf zwei Beinen verwandeln." „In eine Katze auf zwei Beinen? Das geht doch gar nicht!" protestierte Lilli. Cassandra erwiderte: „Doch, doch das geht. Ich zeige es dir." Und tatsächlich! Cassandra verwandelte sich in eine Katze auf zwei Beinen. Sie war gestreift wie ein Tiger in hellbraun und dunkelbraun. Plötzlich schoss ein Pfeil aus dem Gebüsch. Er traf Dracos Arm. Draco sank langsam zu Boden. Es gab eine kleine Erschütterung, so als ob es einen Erdrutsch gegeben hätte. Cassandra schrie auf, aber es war ja nicht tödlich. In dem Augenblick schoss ein zweiter Pfeil aus dem Gebüsch. Er traf Cassandra. Drei komische Gestalten tauchten hinter den Büschen auf. Sie hatten einen starken Panzer auf dem Rücken, in ihren Gesichtern waren komische Fratzen zu sehen und alle hatten fast keine Zähne mehr. Zwei der Gestalten zogen

Cassandra einen Sack über den Kopf und der dritte schlug Lilli so kräftig auf den Kopf, dass sie bewusstlos zu Boden sank.

Die Gestalten, sie nennen sich die Ravens, schleppten Cassandra weg. Sie gingen zu einem Baum und einer von ihnen zog kräftig an einer Wurzel. Plötzlich war ein sehr großes Loch um den Baum entstanden. Sie sprangen hinein und waren auf einmal wie vom Erdboden verschluckt. Als die Ravens und Cassandra verschwunden waren, schloss sich das Loch. In ihrer Burg angekommen, wurde Cassandra dem Herrn der Ravens Markasch vorgeführt. Markasch war ein großer, muskulöser Mann. Er liebte die Farbe Schwarz, deshalb hatte er einen schwarzen Mantel an, eine schwarze Hose und ein schwarzes T-Shirt. Er fragte: „Warum hat sie einen Sack über dem Kopf?" „Aber Herr, dieses Geschöpf kann nur mit offenem, unbedecktem Gesicht zaubern." erwiderte einer der Ravens. Darauf sagte Markasch: „Ja, natürlich weiß ich das, ich wollte euch testen. Werft sie in einen Kerker, dann sehen wir weiter!"

Bald kam Lilli wieder zu sich. Ihr Kopf schmerzte noch etwas, aber sie rappelte sich trotzdem auf und wankte zu Draco. Er lag immer noch betäubt auf dem Boden. Lilli rief: „Draco, Draco komm zu dir!" Sie dachte: „Was mach ich denn jetzt? Ich kann ihn doch nicht alleine lassen. Wo ist Cassandra bloß?" Lilli setzte sich auf einen Stein und wartete. Nach einiger Zeit kam Draco wieder zu sich. Lilli sprang auf und lief zu ihm. „Gott sei Dank! Wie geht es dir?" fragte sie. Draco erwiderte noch etwas zittrig: „Mir geht's gut! Wo ist Cassandra?" „Sie haben Cassandra entführt. Ich hab nur noch mitbekommen, dass die Gestalten ihr einen Sack über den Kopf gezogen hatten." „Oh nein, sie haben ihr einen Sack über den Kopf gezogen?" erschrak Draco. Lilli sagte: „Ja, was ist daran so schlimm und was wollen sie von ihr?" Draco antwortete: „Wenn Cassandra das Gesicht verdeckt hat, kann sie nicht zaubern. Was sie von uns wollen, weiß ich auch nicht, aber wir müssen Cassandra so schnell es geht finden!" Draco und Lilli suchten die Lichtung nach Spuren ab. Nach einiger Zeit fand Lilli einen seltsam aussehenden schwarzen Handschuh. Sie zeigte Draco den Handschuh. Er erschrak zu Tode und sagte: „Dies ist ein Handschuh von den Ravens. Er ist aus schwarzen Drachenschuppen. So was haben nur die Ravens. Sie dienen dem Herrn Markasch. Er ist nicht besonders nett." „Komm, lass uns weiter suchen", schlug Lilli vor. Gesagt, getan. Sie fanden Fußabdrücke, die nicht von ihnen stammen konnten. Die Fußabdrücke gingen bis zu einem Baum, dort endeten sie abrupt. Lilli überlegte laut: „Komisch, warum enden sie denn so abrupt? Seltsam, seltsam. Hast du eine Erklärung dafür?" Aber Draco konnte sich das auch nicht erklären. Sie gingen um den Baum herum und untersuchten ihn genau. Lilli und Draco konnten nichts Außergewöhnliches finden. Plötzlich hakte Lilli hinter eine Wurzel und fiel hin.

Der Kerker, in dem Cassandra lag, war dunkel und kalt. Cassandra hatte große Angst, dass Markasch oder ein Raven kam um sie zu holen und zu foltern. Es war so schrecklich dunkel unter dem Sack. Sie versuchte ihn irgendwie runterzukriegen, aber es klappte nicht. Cassandra war so erschöpft, dass sie auf den Boden sank und einschlief. Sie schrak auf als die Tür knarrte. Sie lauschte in die Dunkelheit. Wer war da? Träumte sie? Plötzlich hörte sie, wie jemand schwer und rasselnd atmete. Sie hatte schreckliche Angst. Wo blieben Draco und Lilli bloß? Sie kroch so leise es ging durch den ganzen Raum in eine der hintersten Ecken. Sie zuckte zusammen und stieß gegen die Wand. Sie drückte sich gegen die Wand und hoffte sie könnte sich in ihr verstecken. Dann hörte sie, wie leise die Tür geschlossen wurde. Zitternd aber erleichtert hockte sie in ihrer Ecke. Irgendwann fiel sie in einen unruhigen Schlaf.

Draco fing Lilli nach ihrem Sturz über die Wurzel

auf. Er fragte besorgt: „Bist du okay? Tut dir was weh?" „Nee, geht schon! Danke!" sagte Lilli. Um den Baum herum war ein großes Loch entstanden. Draco sagte: „Ich glaube wir müssen da runter. Oder?" „Das kann sein. Also los. Du gehst zuerst!" sagte Lilli. Draco sprang in das Loch. Er rutschte bis ans Ende. Dann war Draco verschwunden. Unter der Erde war es dunkel und feucht. Plötzlich fiel Lilli auf seinen Kopf. Draco zuckte zusammen. „Wo sind wir?" fragte Lilli ängstlich und mit klopfendem Herz. Draco sagte: „Wir sind unter der Erde, Lilli." „Und wo müssen wir jetzt hin?" fragte Lilli. Draco sagte: „Komm lass uns rechts gehen. Das scheint mir der bessere Weg zu sein." „Okay, lass uns gehen!" sagte Lilli. Sie gingen immer weiter. Lilli sah sich immer wieder ängstlich um. Sie hatte das Gefühl, jemand beobachtete sie. Schnell ging sie weiter. Draco merkte, dass Lilli Angst hatte und sagte: „Du brauchst keine Angst zu haben. Ich bin doch bei dir." „Ich habe keine Angst!" sagte Lilli trotzig und tapfer. So gingen sie noch ungefähr zehn Minuten.

Dann kamen sie an ein großes Tor. Es standen zwei Ravens davor. Als Lilli zu ihnen hingehen wollte, hielt Draco sie zurück. Er flüsterte: „Das sind Ravens. Sie sind scheußliche Figuren. Überlass sie mir." Sprachlos schaute Lilli Draco hinterher. Draco ging auf die Ravens zu und holte aus. Mit der Faust schlug er kräftig zu, jedem einmal auf den Kopf. Sie fielen sofort um. Draco winkte Lilli zu, als Zeichen, dass die Luft rein war. Lilli rannte zu Draco, der das Tor geöffnet hatte. Sie schlüpften hinein und schlossen das Tor. Lilli hatte sich ein Schwert der Ravens zur Verteidigung mitgenommen. Sie gingen durch einen Gang. Der Gang endete vor einer großen Burg. Sie war schwarz und von Fackeln erleuchtet. Draco und Lilli gingen in den Hof des Gebäudes. Dort trafen sie auf noch mehr Ravens. Die Ravens griffen Draco und Lilli an. Der Kampf begann. Ein Raven lief auf Lilli zu und wollte sie angreifen. Aber als er zum Sprung ansetzte, sprang Lilli zur Seite. Er prallte hart auf den Boden. Lilli haute ihm mit ihrem Schwert auf den

Kopf. So ging es weiter. Einmal kam ein Raven von links und einer von rechts. Sie liefen auf Lilli zu, aber Lilli sprang weg und die beiden prallten aufeinander. Bei Draco war es einfacher. Er haute jedem auf den Kopf und schleuderte alle noch einmal gegen die Wand. Als sie fertig waren, waren sie sehr erschöpft. Draco und Lilli liefen den Gang, wo „Kerker" an der Wand stand, entlang. Ab und zu war da noch ein Raven, aber den machte Draco immer fertig. Sie riefen: „Cassandra, Cassandra wo bist du?"

Cassandra wachte auf, als sie Kampflärm hörte. Sie dachte: „Endlich! Hoffentlich sind das Draco und Lilli." Sie ging zur Tür und lauschte. Irgendwann verstummte der Kampflärm. Cassandra hörte draußen Rufe. Sie rief: „Hier bin ich, hier!" Sie haute mit ihren Fäusten gegen die Tür. Draco und Lilli standen vor der Tür, von der ein leises Pochen ausging. Draco rief: „Cassandra, geh weg von der Tür!" Er nahm großen Anlauf und rannte gegen die Tür. Sie sprang auf. Lilli lief rein, holte Cassandra raus und zog ihr den Sack vom Kopf. Sofort verwandelte sie sich wieder in einen Drachen. Cassandra und Draco fielen sich in die Arme. Aber da kam Markasch angelaufen. Draco hielt ihn fest und Lilli zog ihm den Sack über den Kopf. Sie steckten ihn in einen Kerker und schlossen zehnmal ab. Nun liefen sie den ganzen Weg zurück. Durch den Gang, in den Hof, durch das Tor zum Baum. „Wie kommen wir jetzt hier raus?" fragte Cassandra. Draco haute an die Decke. Ganz oft. Irgendwann ging tatsächlich die Erde auf. Alle drei kletterten hinaus. Das Loch schloss sich von selbst wieder. Draco riss den Baum aus der Erde. Jetzt konnte keiner mehr rein oder raus. Lilli verabschiedete sich und ging ins Dorf, um ihr Erlebnis zu schildern. Nun besuchte Lilli Draco und Cassandra jeden Tag auf der Lichtung.

Finja Marie Witt

Die 1753 zerbrochenen Gläser

Alles begann an einem schönen, warmen Augustmorgen, der ein Samstag war. Das Thermometer stieg auf 30°C, die Vögel zwitscherten vergnügt, die Sonne strahlte, Chico, der grauschwarze Dalmatiner Labrador Mix, der sprechen kann, leckte seiner 13 jährigen Besitzerin Jessica Kanzzora mit seiner großen, feuchten, Zunge über ihr Gesicht. Jessy fuhr erschrocken hoch. „Ach Chico, du bist's nur. Guten morgen erst einmal" sagte Jessy erleichtert. „Klar, für wen hast du mich denn sonst gehalten?" erwiderte Chico entsetzt. „Ich weiß nicht", antwortete Jessy. Sie schaute auf die Uhr und erschrak. Chico fragte: „Was ist denn los?" „Was? Schon so spät? Ich hab schon wieder verpennt!" schrie Jessy. Schnell zog sie sich an in der Hoffnung, sie würde noch rechtzeitig zu ihrer Verabredung kommen. Sie kämmte sich schnell ihre orangefarbenen Haare und rannte los zur

Tankstelle. An der Tankstelle wollte sie sich mit ihren Freundinnen Laura und Maria treffen. Maria hat braunes, schulterlanges Haar und braune Augen. „Oh, wann kommt Jessy endlich?" fragte Laura, die auf ihren kurzen blonden Haaren kaute. Ihre blauen Augen strahlten in der Sonne. „Mal sehen was sie sich heute wieder für eine Ausrede aussucht!" grunzte Maria. Inzwischen rannte Jessy mit Seitenstichen auf die Tankstelle zu. „Schau mal, da kommt Jessy!" sagten Maria und Laura wie aus einem Mund. Sie mussten kichern. Jessy stand nun vor den Kichererbsen. „Was is'n los???" fragte Jessy. „Ach nichts", antworteten Laura und Maria schon wieder wie aus einem Mund. Nun lachten alle drei. „Hab schon verstanden", kicherte Jessy.

„Jessy, Jessy, Jessy!!!" schrie jemand aus der Ferne. Es war Chico der Hund. Die drei Mädchen hörten auf zu lachen. Neben Chico erkannten sie Milly, Marias getigerte Katze. Jessy lief auf Chico zu, ohne groß nachzudenken. Chico sagte ganz aufgeregt: „Der Feenjäger Barbarossa ist ausgebrochen und will alle Feen in unserer Stadt auslöschen." Jessy nickte nur mit offenem Mund. „Wir müssen was unternehmen!" miaute Milly. Und sie rannten los. Als Laura und Maria alles wussten, besprachen sie was sie tun sollten. „Wir können ja eine Fee suchen und ihr sagen, dass Barbarossa ausgebrochen ist und Feen jagen will. Die kann es ja den anderen weiter sagen", schlug Maria vor. Alle stimmten ihr zu. Sie gingen noch mal in den Tankstellenshop, um für Jessy ein Brötchen zu kaufen, weil sie ja noch nicht gefrühstückt hatte. Chico wartete vor der Tür und Milly ging weg. Maria sah sich inzwischen die Zeitschriften an. Sie durchwühlte alle Zeitschriften, doch fand keine einzige Bravo. „Oh Mann, schon wieder ausverkauft!" murmelte Maria. Sie zuckte zusammen, denn eine große schwere Hand lag plötzlich auf ihrer Schulter. Eine raue Stimme flüsterte Maria leise ins Ohr: „Ja, die Bravo ist ausverkauft." Maria fuhr herum. Es war der Tankstellenwart. „Da...da...danke!" stotterte Maria. Alle drei rannten sie aus dem Shop. Vor

Chico blieb Maria stocksteif stehen. „Was ist passiert?" fragte Chico. „Er war so lange nicht da und jetzt ist er so komisch", antwortete Maria erschrocken. „Wer?" stocherte Chico weiter. „Herr Möller, der Tankwart!" antwortete Maria. „Kommt, wir gehen zum Fluss, da finden wir bestimmt eine Fee. Alle holten ihre Fahrräder und trafen sich wieder an der Tankstelle. Maria brachte einige Tupperdosen mit Essen mit, da etwas von dem Buffet einer Geburtstagsfeier übrig geblieben war. Als alle da waren, fuhren sie los. Chico lief nebenher. Sie legten ihre Sachen unter einem Kastanienbaum ab, der am Ufer des Flusses stand. Laura hängte ihren Pullover in den Baum, da ihr zu warm war. Dabei fiel Maria etwas auf den Kopf. „Aua!" schrie Maria. „Was ist?" fragte Chico. „Mir ist was auf den Kopf gefallen", antwortete Maria. „Seht mal da!" erwiderte Laura und zeigte auf ein leuchtendes Ding, das auf dem Boden lag. Es sah aus wie eine leuchtende Murmel, nur etwas größer. „Das ist eine Fee!" erkannte Maria. Die Fee lag eingerollt da. Maria hockte sich hin, Jessy und Laura hockten sich dazu. Maria stupste die eingerollte Fee mit dem Zeigefinger an. Da fing die Fee an zu leuchten. An Marias Finger war Glitzerstaub. Die Fee rollte sich aus und flog hoch auf Augenhöhe von Maria. Dann schwebte sie zu Marias Ohr und sagte leise: „Danke, dass du mich aufgeweckt hast." „Wieso?" fragte Maria. Die Fee antwortete: „Wenn du es nicht getan hättest, hätte Barbarossa mich gefunden. Du weißt doch wer Barbarossa ist, oder?" „Ja, woher weißt du, dass Barbarossa frei ist?" fragte Maria. Die Fee antwortete: „Eine getigerte Katze Namens Milly hat mich gewarnt." „Gut!" entgegnete Laura. „Dann war Milly ja schneller. Wissen es die anderen Feen?" „Ja, die hat Barbarossa schon", schluchzte die Fee. „Und ich kann allein gegen ihn nichts machen." „Wir helfen dir! Wir müssen sie alle retten!" schrie Maria. „Ganz ruhig Maria!" sagte Jessy beruhigend. „Sorry, ich habe mich noch gar nicht vorgestellt. Ich bin Emily!" stellte sich die Fee vor. „Maria!" „Jessy!" „Laura!" „Chico!" stellten sich die

Mädchen und der Hund vor. „Emily, weißt du, wo Barbarossas Versteck ist?" fragte Chico. Emily antwortet: „Ja, dahinten beim Felsen." Die Kinder beschlossen zu Barbarossa zu gehen. Einer musste bei dem Platz bleiben. Dafür meldete Laura sich bereit. Emily wollte bei ihr bleiben, keiner hatte was dagegen. Also gingen Maria, Chico und Jessy los. Als unsere Abenteurer beim Felsen ankamen, hatte Chico schon ein Einstiegsloch gefunden. Sie krochen nacheinander in das Loch. Chico vorweg, dann Maria und zu guter Letzt Jessy. „Mann, ist das ein Labyrinth!" sagte Jessy leise, als sie die unterirdischen Gänge sah. „Meine Nase weiß wo es lang geht!" erwiderte Chico und ging voran. Sie gingen durch viele dunkle und lange Gänge, bis sie etwas Leuchtendes sahen. Sie schlichen in den leuchtenden Raum und sahen an den Wänden Regale mit sehr vielen Gläsern. In jedem einzelnem Glas war eine Fee. „Oh meine Güte, die armen Dinger!" schluchzte Maria. „Das werden wir schnell ändern!" sagte Chico heldenhaft und rannte los. Er sprang auf die Regale und warf alle Gläser auf den Boden. Die Gläser zersprangen, die Feen flogen heraus und halfen Chico, die Gläser umzustoßen. Die beiden Mädchen halfen auch mit, die Feen zu befreien. Insgesamt waren es 1753 Gläser. Nach einiger Zeit hatten sie alle Gläser kaputt gemacht und Chico wusste nicht, wie er nach draußen kommen sollte, ohne sich die Pfoten aufzuschneiden. Die Feen merkten dies und sprachen sich untereinander ab, was sie tun sollten. Schließlich kamen sie zu dem Entschluss, ihn alle zusammen rüber zu tragen. Da Feen das Vielfache ihres Gewichtes tragen können, schafften sie es, Chico heil aus den Scherben zu holen. Plötzlich stand Barbarossa vor ihnen, sie blieben stocksteif stehen. Nur Chico nicht. Er flüsterte einer Fee zu: „Fliegt weg, so schnell ihr könnt!" Das taten sie dann auch. Die Feen konnten entkommen, aber die Kinder nicht. „Na, was macht ihr Süßen denn hier?" grunzte Barbarossa. „Herr Möller, wie konnten sie nur?" schrie Maria und ihr schossen die Tränen in die

Augen. Nun wurde Maria alles klar. Herr Möller von der Tankstelle war Barbarossa. Daher war er so lange nicht in der Tankstelle gewesen. „So, genug geredet. Ihr kommt jetzt schön mit!" freute sich Barbarossa, der einmal gepfiffen hatte. Schon kamen Roboter und sperrten die Kinder und den Hund in den Kerker. Maria saß in der Ecke und weinte. Chico versuchte Maria zu trösten. Jessy dachte nach.

Laura und Emily machten sich Sorgen. Da sahen sie etwas Leuchtendes auf sie zu kommen. „Schau da, meine Familie!" schrie Emily glücklich und flog zu ihrer Mutter, die ihr dann erzählte, dass Barbarossa die beiden Mädchen und den Hund in den Kerker gesperrt hat. Emily erzählte es Laura. Laura überlegte nicht lange, sie griff in ihre Hosentasche und holte ihr Handy hervor. Dann wählte sie die Nummer der Polizei und meldete die Entführung. „In fünf Minuten sind wir da!" haben sie gesagt. Und tatsächlich war die Polizei fünf Minuten später da. Die Mutter von Emily zeigte den Polizeibeamten den Weg. Die Polizei nahm Barbarossa fest.

Inzwischen, im Kerker, sagte Jessy: „Ich höre Schritte!" „Schön, vielleicht bringt Barbarossa mir ein Taschentuch", schluchzte Maria. Jessys Antwort war: „Ach Quatsch, meinst du der macht so was! Das ist die Polizei! Da kommt sie mit Emilys Mutter!" Die Mädchen und Chico freuten sich riesig, als die Polizei sie befreite. Sie bedankten sich bei der Polizei und rannten raus. Alle freuten sich riesig, dass Barbarossa festgenommen worden war. Weil sie sich so freuten, machten sie ein schönes Picknick mit dem Essen, das Maria mitgebracht hat. Auch die Feen aßen mit. Maria fragte die Feen: „Wo wollt ihr jetzt wohnen?" „Wissen wir noch nicht", sagte eine Fee.

Maria schlug ihnen vor, dass sie in dem Baumhaus leben könnten, das sie seit Jahren nicht betreten hatte. Die Feen nahmen das

Angebot an und lebten dort glücklich bis an ihr Lebensende zusammen.

Anna Storke

Ein Haufen Fantasy

Jugendliche schreiben ihr eigenes Buch

- The End -